怪談 オウマガドキ学園《がくえん》

春《はる》は恐怖《きょうふ》の家庭訪問《かていほうもん》

「下校中《げこうちゅう》の桜並木《さくらなみき》」

怪談オウマガドキ学園編集委員会
責任編集・常光徹　絵・村田桃香 かとうくみこ 山﨑克己

どこかにあるけどどこだかわからない
この世《よ》とあの世《よ》のさかいめあたり
昼《ひる》と夜《よる》とがまじりあう
オウマガドキは
ふしぎの時間《じかん》

とびらがひらけば
そこが入《い》り口《ぐち》
クラスメートは
オバケと幽霊《ゆうれい》と妖怪《ようかい》と……
さあ、もうすぐ授業《じゅぎょう》がはじまるよ

オウマガドキ学園

「春《はる》は恐怖《きょうふ》の家庭訪問《かていほうもん》」の時間割《じかんわり》

キャラクター紹介《しょうかい》

生徒《せいと》

幽麗華《ゆうれいか》

転校生《てんこうせい》。クールな性格《せいかく》。

河童《かっぱ》の一平《いっぺい》

クラスではリーダー的存在《てきそんざい》。
学級委員《がっきゅういいん》。

さとりのサトル

あまりしゃべらないが、
やさしくて人望《じんぼう》は厚《あつ》い。

雪娘《ゆきむすめ》のゆき子《こ》

クラスのアイドル的存在《てきそんざい》。

火《ひ》の玉《たま》ふらり

いつもふらふらとんでいて
おちつきがない。

トイレの花子《はなこ》

トイレにすみついている。
親切《しんせつ》だが気《き》が強《つよ》く、うるさい。

牛鬼《うしおに》のウシオ

いたずら大好《だいす》きガキ大将《だいしょう》。
いつも先生《せんせい》におこられている。

魔女《まじょ》のまじょ子《こ》

マジョリー先生《せんせい》の娘《むすめ》。
おしゃれ好《ず》き。

人面犬助《じんめんけんすけ》

足《はし》がはやい。
時速《じそく》100キロ以上《いじょう》で走《はし》る。

先《せん》生《せい》

雪女《ゆきおんな》吹雪《ふぶき》先《せん》生《せい》

音楽《おんがく》の先生《せんせい》。
いつもひんやりしているので
夏《なつ》は人気者《にんきもの》。

河童《かっぱ》巻《まき》三《ぞう》校長《こうちょう》

第《だい》50代《だい》の校長《こうちょう》。
学園《がくえん》のことはなんでもしっている。

山《やま》姥《うば》銀《ぎん》子《こ》先《せん》生《せい》

副校長《ふくこうちょう》。生徒《せいと》をきびしくしつけることでゆうめい。

マジョリー先生《せんせい》

理科《りか》の先生《せんせい》。
魔法《まほう》の薬《くすり》の作《つく》り方《かた》も教《おし》える。

鬼丸《おにまる》金《かな》棒《ぼう》先生《せんせい》

生活指導《せいかつしどう》の先生《せんせい》。
おこって金棒《かなぼう》をふりまわすとまわりの電波《でんぱ》がみだれる。

二宮《にのみや》金《きん》次《じ》郎《ろう》先生《せんせい》

妖怪語《ようかいご》の先生《せんせい》。
読書《どくしょ》とまきひろいが趣味《しゅみ》。

オウマガドキMAP《マップ》

オウマガドキ学園《がくえん》の生徒《せいと》たちの家《いえ》を紹介《しょうかい》！

火《ひ》の玉《たま》ふらりの家《いえ》
幽麗華《ゆうれいか》の家《いえ》
バクのクースケの家《いえ》
この先《さき》タヌキのポン太《た》の家《いえ》
牛鬼《うしおに》のウシオの家《いえ》
キジムナーの家《いえ》
海《うみ》
この先《さき》マーメイドちゃんの家《いえ》

始業式《しぎょうしき》
おはよー!!

春《はる》です。広《ひろ》い学園《がくえん》のあちらこちらに、いっせいに春《はる》がやってきました。校門《こうもん》わきの桜《さくら》は新学期《しんがっき》にあわせたかのように満開《まんかい》で、夕《ゆう》ぐれの中《なか》、風《かぜ》がふくたび花《はな》びらがはらはらちっています。

そんな中《なか》、生徒《せいと》たちが元気《げんき》に登校《とうこう》してきました。

「見《み》て見《み》て！　こんなにさいている！」

校舎《こうしゃ》の前《まえ》にある花《か》だんを見《み》て、座敷《ざしき》わらしの小夜《さよ》が走《はし》りだしました。

「ほんと！　これ、あたしたちが球根《きゅうこん》をひとつずつうえたのよね」

と、魔女《まじょ》のまじょ子《こ》も花《か》だんの前《まえ》にやってきました。花《か》だんには色《いろ》とりどりのチューリップがさいていました。

学園《がくえん》の原《はら》っぱには、タンポポやスズラン、わすれな草《ぐさ》などもさいています。オウマ川《がわ》の土手《どて》にはツクシが顔《かお》を出《だ》しています。

さあ、いよいよ新学期《しんがっき》のはじまりです。今年度《こんねんど》の最初《さいしょ》の日《ひ》なので、学園《がくえん》の講堂《こうどう》で始業式《しぎょうしき》です。

いつもはなかなか会《あ》うことのできない雷獣《らいじゅう》ビリビリ先生《せんせい》や皿屋敷《さらやしき》お菊《きく》先生《せんせい》などもだんだん上《じょう》にせいぞろいしています。

「では、校長先生《こうちょうせんせい》、ごあいさつを」

司会《しかい》の二宮金次郎先生《にのみやきんじろうせんせい》の指名《しめい》で、河童巻三校長《かっぱまきぞうこうちょう》が立《た》ちあがりました。

「やあ、みんな元気《げんき》にしていたかな？　今年度《こんねんど》も仲《なか》よく楽《たの》しく勉強《べんきょう》してすごそうな。さっそくだが、来週《らいしゅう》は家庭訪問《かていほうもん》の一週間《しゅうかん》だ」

というと、

ド〜〜〜ン
ビリビリする〜
めずらしい〜！
ガヤガヤガヤガヤガヤガヤ

「えーっっ！」

「母《かあ》ちゃんに部屋《へや》をそうじしろっていわれるなあ……」

などと、生徒《せいと》たちがにぎやかになりました。

「今年《ことし》は三年《ねん》に一度《ど》の校長《こうちょう》家庭訪問《かていほうもん》の年《とし》なので、わしもみんなの家《いえ》におじゃまするよ。だれの家《いえ》に行《い》くかはわからんがね」

「あのう、どの先生《せんせい》がだれの家《いえ》に行《い》くか、きまっているんですか？」

人面犬助《じんめんけんすけ》が立《た》ちあがって聞《き》きました。

「さあ、まだきまってないが、これからクジ引《び》きできめるんじゃないかな」

「クジ引《び》きー？」

こう どう
ピョン

生徒《せいと》たちが声《こえ》をそろえていいました。

「いやいやじょうだんだよ。家庭訪問《かていほうもん》はみんなのいつもの生活《せいかつ》がしりたいだけだから、とくべつなことはしなくていいからね。わしなどは、本《ほん》校卒業生《こうそつぎょうせい》のみんなのお父《とう》さんやお母《かあ》さんと会《あ》うのも楽《たの》しみだがね」

そのあと、生活指導《せいかつしどう》の鬼丸金棒先生《おにまるかなぼうせんせい》から、新年度《しんねんど》にあたっていろいろ注意《ちゅうい》がありましたが、生徒《せいと》たちは家庭訪問《かていほうもん》のことで頭《あたま》がいっぱいで、うわの空《そら》でした。

え～、みなさんいよいよ 今日《きょう》から新年度《しんねんど》ですね……
ザワ
ザワ
どうせだれも聞《き》いちゃいないだろうな～……

1時間目《じかんめ》

花見《はなみ》の約束《やくそく》

時海結以《ときうみゆい》

桜《さくら》が満開《まんかい》になった土曜日《どようび》の、お昼《ひる》すぎだった。年《とし》おいた男《おとこ》の人《ひと》が、わが家《や》をたずねてきた。

ちょうど、妻《つま》も子《こ》どもたちも出《で》かけていて、ぼくひとりが留守番《るすばん》がてら、会社《かいしゃ》からもちかえった仕事《しごと》の書類《しょるい》を、書《か》いているところだった。

「こんにちは。……おや、息子《むすこ》さんですね、ごぶさたしております」

「はい、こちらこそ」

何度《なんど》か見《み》かけたことのある、父《ちち》の友人《ゆうじん》だ。名前《なまえ》はたしか……広山《ひろやま》さん、だった。

「三年《ねん》ぶりになりますかねえ」

広山《ひろやま》さんはにっこりした。

「お父《とう》さんはいらっしゃいますか？　会《あ》おうと、約束《やくそく》したのですが」

「えっ……父《ちち》は……」

ぼくは、どうぞこちらへ、と広山《ひろやま》さんをおくの部屋《へや》へ案内《あんない》した。父《ちち》の部屋《へや》だ。

部屋《へや》のかたすみ、シンプルな仏《ぶつ》だんの中《なか》に、ずっと前《まえ》に亡《な》くなった母《はは》のとならべて、父《ちち》の位牌《いはい》と遺影《いえい》がまつってあった。父《ちち》の好《す》きだった桜《さくら》もちが、そなえてある。

「昨年《さくねん》の、桜《さくら》がさきはじめたころに、亡《な》くなりまして……」

広山《ひろやま》さんはびっくりして、口《くち》を半分《はんぶん》あけたまま、声《こえ》も出《で》ない。

「父《ちち》は、一年前《ねんまえ》に、亡《な》くなったんです。最期《さいご》は病室《びょうしつ》で、満開《まんかい》の桜《さくら》を見《み》たがっていました」

ぼくがくりかえすと、広山《ひろやま》さんはしんじられなさそうにいう。

「そんな……じつはおとといのお昼前《ひるまえ》、公園《こうえん》の桜《さくら》が見《み》える道《みち》で、小川《おがわ》さん……あなたのお父《とう》さんに、ばったり会《あ》ったんですよ。小川《おがわ》さんが、

『ひさしぶりだね。そういえば三年前《ねんまえ》に花見《はなみ》をしたとき、またしようと

いったきり、ぐあいが悪《わる》くて連絡《れんらく》もできず、悪《わる》かった』
といっていたので、
『いまは用事《ようじ》がありますが、あさっての土曜日《どようび》ならあいてますから、
いっしょに花見《はなみ》をしませんか』
と約束《やくそく》をしたんです。
お元気《げんき》になられたと、よろこんでいたのに……するとあの小川《おがわ》さんは、
いったい？」
広山《ひろやま》さんはそれきり、だまって考《かんが》えこむような顔《かお》になってしまった。
仏《ぶつ》だんにお線香《せんこう》をあげて、しばらく手《て》を合《あ》わせていたけれど、ぼくのほ

うをむいて、おずおずとたずねた。

「あの……もし、ゆるしていただけるのなら、この小川《おがわ》さんのお写真《しゃしん》をちょっとおかりできませんか？　花見《はなみ》をしに、公園《こうえん》へつれていってあげたいんです」

「それはよろこんで。ぼくは仕事《しごと》をもちかえっていて、おつきあいできず、すみませんが」

仏《ぶつ》だんから遺影《いえい》の写真立《しゃしんた》てをとってわたすと、広山《ひろやま》さんはお礼《れい》をいいながら、外《そと》へ出《で》ていった。

「夕方《ゆうがた》にはおかえししますので」と。

そして夕方《ゆうがた》になった。

西《にし》の空《そら》が夕焼《ゆうや》けにそまりはじめても、広山《ひろやま》さんはもどってこない。

「お年《とし》よりだから、もしぐあいでも悪《わる》くなってたら、たいへんだ」

ぼくが公園《こうえん》へむかえにいくと……。

満開《まんかい》の桜《さくら》の根《ね》もとに、写真立《しゃしんた》てがふたつならんで立《た》てかけられていた。

ひとつは広山《ひろやま》さんがもっていった父《ちち》で、もうひとつは……広山《ひろやま》さん自《じ》身《しん》の写真《しゃしん》だった。

「……えっ？」

なんで、写真立《しゃしんた》てだけおきっぱなし？

広山《ひろやま》さんはどこに？

ぼくがきょろきょろすると、むこうからぼくとおなじくらいの年《とし》の女性《じょせい》が、桜《さくら》の木《き》を見《み》つめながら、まっすぐに近《ちか》づいてきた。

ぼくの足《あし》もとの写真《しゃしん》に気《き》がつき、息《いき》をのむ。

「写真《しゃしん》が……ふたつ？」

「あの……」

声《こえ》をかけると、女性《じょせい》はぼくをふりかえった。

そばで見《み》ると、広山《ひろやま》さんによくにている。

「もしかして、広山《ひろやま》さんの、娘《むすめ》さんですか？」

「はい……」

ぼくは、小川《おがわ》の息子《むすこ》です、と自己紹介《じこしょうかい》した。

広山《ひろやま》さんの娘《むすめ》さんは、ぼくにたずねた。

「小川《おがわ》さん、あなたのお父《とう》さんが今日《きょう》のお昼《ひる》ごろ、うちの父《ちち》をたずねてきて、昨年《さくねん》の秋《あき》に亡《な》くなったとしったら、写真《しゃしん》をかりていったんです。どうして、小川《おがわ》さんのお父《とう》さんのお写真《しゃしん》までもがここに？」

「えっ、広山《ひろやま》さん、昨年《さくねん》の秋《あき》に亡《な》くなった？」

「なのに、『おとといのお昼前《ひるまえ》、広山《ひろやま》さんとぐうぜん会《あ》って、公園《こうえん》で花《はな》見《み》をしようと約束《やくそく》した』って、小川《おがわ》さんのお父《とう》さんがおっしゃってまして」

「じつは、うちの父《ちち》も一年前《ねんまえ》に亡《な》くなりました。父《ちち》の遺影《いえい》をかりていったのは、広山《ひろやま》さんです」

広山《ひろやま》さんの娘《むすめ》さんは目《め》をみはった。

「では……おたがい、幽霊《ゆうれい》になっても死《し》んだことに気《き》づかず、花見《はなみ》の約《やく》束《そく》をしたってこと？　そんなに花見《はなみ》がしたかったのね」

ぼくたちは、もうしばらく、ふたつの写真《しゃしん》に桜《さくら》を見《み》せてあげ、くらくなってからそれぞれの家《いえ》につれかえった。

みくるまがえし

小沢清子《おざわきよこ》

新潟《にいがた》に住《す》んでいるおばあちゃんが、賢《けん》の家《いえ》へ、ひっこしてくることになった。

おじいちゃんが亡《な》くなって、ひとりぼっちになったおばあちゃんを、父《とう》さんが心配《しんぱい》して、いっしょに住《す》むことにしたのだ。

ひっこしの前《まえ》に、父《とう》さんは賢《けん》をつれて、おばあちゃんの家《いえ》を、かたづけに行《い》った。

父《とう》さんがいらないものを、庭《にわ》に出《だ》している
と、おばあちゃんも庭《にわ》にきて、桜《さくら》を見《み》あげな
がら、
「越《こ》すったってなにもいらないけど、この桜《さくら》
だけはもっていきたいのさ」
父《とう》さんはびっくりして、
「じょうだんでしょ。木《き》なんかもってけない
よ。かれちゃうかもしれないし、こんな大《おお》き
な木《き》うつしたら、金《かね》もかかるしさ」
「だって、まだ十七、八歳《さい》のわかい木《き》だよ。

この桜《さくら》は、みくるまがえしっていうめずらしい桜《さくら》でね、おじいちゃんが大事《だいじ》にしてた木《き》だもの。植木屋《うえきや》さんのお金《かね》は、わたしが出《だ》すよ」

賢《けん》は一度《いちど》も、この桜《さくら》の花《はな》を見《み》たことがなかった。夏休《なつやす》みにしかきてないからだ。

「ねえ、みくるまがえしって、どういう意味《いみ》？」

賢《けん》がきくと、おばあちゃんは紙《かみ》とマジックペンをもってきて、「御車《みくるま》返《がえ》し」という字《じ》を書《か》いてみせた。

「むかしね、牛車《ぎっしゃ》にのってとおりかかった、天皇《てんのう》や貴族《きぞく》が、この桜《さくら》の花《はな》を見《み》て、あんまり美《うつく》しいので、車《くるま》をもどしてもう一度《いちど》見《み》たんだね。それで、みくるまがえしって、名《な》がついたそうだよ」

※牛車《ぎっしゃ》…牛《うし》にひかせた乗《の》り物用《ものよう》の木《き》の車《くるま》。

「へえー、花《はな》の色《いろ》はピンク？　それとも白《しろ》？」

「うす紅色《べにいろ》だよ。ふつうの桜《さくら》よりすこし花《はな》が大《おお》きくて、紅色《べにいろ》がこいようだねえ」

「ねえ父《とう》さん、そんなきれいな花《はな》なら、うちへうつそうよ。母《かあ》さんだってよろこぶよ」

おばあちゃんと賢《けん》にせがまれて、父《とう》さんはしぶしぶ桜《さくら》をうつすことにした。

木《き》は高《たか》さが四メートルくらいで、太《ふと》さは、二十センチはあるだろう。

それから十日後《とおかご》に、おばあちゃんがこしてきた。桜《さくら》の木《き》は、植木屋《うえきや》さんが、

「桜《さくら》をうつすときは、葉《は》が全部《ぜんぶ》おちてからでないと、木《き》が弱《よわ》りますでな」

と、二か月後《げつご》の十二月《がつ》に、うつすことになった。

やがて十二月半《がつなか》ばに、桜《さくら》の木《き》はものすごく大《おお》きなトラックで、運《はこ》ばれてきた。

庭《にわ》の真《ま》ん中《なか》にうえられたが、葉《は》のおちた木《き》の枝《えだ》も美《うつく》しい。根《ね》もとから一メートルくらいのところで二本《ほん》にわかれている。そのわかれた木《き》から、たくさんの枝《えだ》が出《で》ていて、横《よこ》に広《ひろ》がっていた。ちょうど木《き》の上《うえ》に、かさの骨《ほね》を広《ひろ》げたようだ。

桜《さくら》がきてから、五日目《いつかめ》の夜《よる》だった。

賢《けん》はなかなかねむれなかった。体《からだ》がだるくて熱《ねつ》っぽい。でも明《あ》け方《がた》になって、とろっとねたらしい。夢《ゆめ》を見《み》た。まくらもとにきれいな女《おんな》の人《ひと》がすわっている。桜《さくら》の花《はな》のもようがついた、うすくれないの着物《きもの》を着《き》ていた。

女《おんな》の人《ひと》は、両袖《りょうそで》で顔《かお》をおおっていた。黒《くろ》くて長《なが》い髪《かみ》が顔《かお》にかかって、

かすかにゆれている。泣《な》いているらしい。

(この人《ひと》だれ？　なんで泣《な》いてんだろ)

賢《けん》が、わけもわからず見《み》ていると、

「どうか、もとへもどしてください。ここでは生《い》きられません。くるしくて……」

女《おんな》の人《ひと》はそういった。袖《そで》でおおった口《くち》もとは見《み》えないのに、賢《けん》には、たしかにそう聞《き》こえた。

(もどして……って、なんのこと？)

ぼんやり考《かんが》えていると、女《おんな》の人《ひと》はふっときえた。そこで目《め》がさめた。

頭《あたま》が重《おも》くて、だるい体《からだ》を、ふとんからはがすようにして、学校《がっこう》へ行《い》っ

た。
ところが賢《けん》は、その日《ひ》の夜《よる》、また夢《ゆめ》を見《み》た。
(ここはどこ?)
正面《しょうめん》に大《おお》きな桜《さくら》の木《き》があって、あたりいちめん、花吹雪《はなふぶき》だ。
その花《はな》びらがちりしいた地面《じめん》に、またあの女《おんな》の人《ひと》が、つっぷしていた。
背中《せなか》がくるしそうに波打《なみう》っている。女《おんな》の人《ひと》が、顔《かお》をあげた。青白《あおじろ》い顔《かお》で、
「はやく、はやくもどして……」

といったとたん、花吹雪《はなふぶき》がひどくなって、目《め》の前《まえ》に幕《まく》をひいたように、なにも見《み》えなくなって目《め》がさめた。

二回《かい》もおなじ女《おんな》の人《ひと》の出《で》てくる夢《ゆめ》って……と、賢《けん》が母《かあ》さんに、夢《ゆめ》の話《はなし》をすると、

「えっ……おばあちゃまも、おなじような夢《ゆめ》を見《み》たっていってたわよ。このところ、おばあちゃまぐあいが悪《わる》いのよ。ひっこしのつかれね」

賢《けん》は、おばあちゃんの部屋《へや》へ行《い》ってみた。

おばあちゃんは、この寒《さむ》いのに縁側《えんがわ》の戸《と》をあけはなって、庭《にわ》の桜《さくら》の木《き》をジッと見《み》ていた。

賢《けん》が夢《ゆめ》の話《はなし》をすると、おばあちゃんは、

「そうだってね、母《かあ》さんから聞《き》いたよ。わたしの見《み》た夢《ゆめ》とおんなじさ。体《からだ》のぐあいも悪《わる》かったろ。おなじ夢見《ゆめみ》たわけがわかったよ」

「どうして？」

「桜《さくら》の木《き》がくるしいっていってるのさ。土《つち》があわないんだろうね。賢《けん》とわたしが、木《き》をうつそうっていったから、おなじ夢《ゆめ》を見《み》たわけだ。見《み》てごらん、葉《は》がしおれてきただろ。木《き》にもうしわけないことをしたよ。新《にい》潟《がた》へもどしてあげようね」

おばあちゃんは、さばさばといった。

あれから四《よん》か月《げつ》、いま、みくるまがえしは、新潟《にいがた》の家《いえ》で、みごとな花《はな》をさかせている。

ドキドキ
家《か》庭《てい》訪《ほう》問《もん》
担当《たんとう》
休《やす》み時《じ》間《かん》
河童《かっぱ》の一平《いっぺい》の家《いえ》
鬼丸金棒先生《おにまるかなぼうせんせい》
ドボーン
カポッ
家《いえ》は淵《ふち》の底《そこ》。鬼丸金棒先生《おにまるかなぼうせんせい》は背中《せなか》に酸素《さんそ》ボンベをつけてもぐる。
どうもこんにちは
こんにちはー
遊《あそ》びに行《い》ってきまーす
にげろ～

一平《いっぺい》はむかしから
この本《ほん》が好《す》きで……
ペラ…
毎日《まいにち》読んではセリフをおぼえてね……
2時間後《じかんご》
ペラ
ペラ
ペラ
そしたらその八百屋《やおや》のキュウリがね～！もう売《う》りきれてたの～～！！
ま……まずいぞ
酸素量《さんそりょう》
100%
0%
ただい…げっまだいる！
すみません！今日《きょう》はこのへんで!!
（くるし～～）
今後《こんご》ともよろしくおねがいします
あしたはでかいボンベでくるぞ
お母《かあ》さんしゃべりすぎ！

2時間目《じかんめ》

梅《うめ》がさいたら

新倉朗子《にいくらあきこ》

むかし、ある北《きた》の国《くに》にとてもいばった王様《おうさま》がいました。ある日《ひ》、王様《おうさま》はおふれを出《だ》しました。

「わが王家《おうけ》の紋章《もんしょう》は梅《うめ》の花《はな》をかたどっている。ゆえにいやしい民家《みんか》の庭《にわ》に梅《うめ》の木《き》をうえて花《はな》をさかせてはならん。この命令《めいれい》にそむくものはとらえて絞首刑《こうしゅけい》に処《しょ》すからしかと心得《こころえ》よ」

さあたいへん、この国《くに》は美《うつく》しい梅《うめ》の花《はな》がさくことでしられており、梅《うめ》を愛《あい》する人《ひと》がたくさんいました。でも王様《おうさま》の命令《めいれい》とあればしかたありません。人《ひと》びとは大事《だいじ》にそだてた梅《うめ》の木《き》を泣《な》く泣《な》くきるしかありませんでした。

たまたま、あるかわら屋根《やね》の屋敷《やしき》の裏庭《うらにわ》に、先祖《せんぞ》からつたわるりっぱな梅《うめ》の古木《こぼく》がありました。その屋敷《やしき》の主人《しゅじん》はだれにもまして梅《うめ》の花《はな》を愛《あい》し、ひとり娘《むすめ》に梅《うめ》の花《はな》のようにきよらかで美《うつく》しくそだつようにと、梅《うめ》の花《はな》を意味《いみ》するメファと名《な》づけたほどでした。

メファも大《おお》きくなるにつれ梅《うめ》の花《はな》が大好《だいす》きになり、花《はな》のさく季節《きせつ》には朝《あさ》な夕《ゆう》なに、父親《ちちおや》といっしょに花《はな》をながめては楽《たの》しみました。そんなときに王様《おうさま》のおふれが出《で》たのでした。父親《ちちおや》からおふれのことを聞《き》かされた

ときはたいへんなショックでした。

「どうかうちの梅《うめ》の木《き》だけはきらないでください」

といって毎日《まいにち》泣《な》きながらたのむメファを見《み》て父親《ちちおや》は思《おも》いました。

(あんなに悲《かな》しんでいるのだ。人目《ひとめ》につかない裏庭《うらにわ》にあるのだから、なんとかきらずにのこしてやれないものだろうか。しばらくようすを見《み》てみよう)

この屋敷《やしき》の梅《うめ》の木《き》にかぎってゆるされるは

ずはなく、もし王様《おうさま》の命令《めいれい》にそむけばどういう目《め》にあうかわかっていま す。でも父親《ちちおや》は覚悟《かくご》をきめたのでした。

国中《くにじゅう》の梅《うめ》の木《き》がきられたあとも、メファの家《いえ》の梅《うめ》の木《き》は、毎年春《まいとしはる》のおとずれとともに美《うつく》しい花《はな》をさかせました。しかしひみつをかくしとおすことはむずかしく、いつかは人《ひと》のしるところとなるものです。メファの家《いえ》の裏庭《うらにわ》に梅《うめ》がさいているといううわさはつぎつぎに広《ひろ》まって、とうとう王様《おうさま》の耳《みみ》にもとどいてしまいました。

「けしからん話《はなし》だ。ただちにしらべて梅《うめ》の木《き》がのこっているなら、一家《いっか》のものをとらえて厳罰《げんばつ》に処《しょ》せ」

王様《おうさま》は役人《やくにん》にしらべにいくよう命《めい》じました。役人《やくにん》は兵士《へいし》をつれてメ

ファの家《いえ》にむかいました。ところがさいわいなことに、役人《やくにん》たちがついたときは、まだ季《き》節《せつ》がはやすぎて梅《うめ》の花《はな》はさいていませんでした。それで、はたしてその木《き》が梅《うめ》の木《き》なのか、よくにた杏《あんず》の木《き》なのか、見《み》わけがつきませんでした。しかたなく、役人《やくにん》は見《み》はりの兵士《へいし》をのこしてひきあげていきました。

その日《ひ》から、メファの家《いえ》では不安《ふあん》と恐怖《きょうふ》の日《ひ》がつづきました。梅《うめ》がさいたら一家《いっか》はおしまいです。みな死刑《しけい》になるのです。メファは自分《じぶん》がむりなおねがいをしたため家中《いえじゅう》のものが罰《ばつ》をうけるのだと、胸《むね》がひきさかれる思《おも》いでした。

村人《むらびと》たちもあれこれとうわさしました。

「梅《うめ》の木《き》をきらなかったために家中《いえじゅう》のものが災難《さいなん》にあうとは、ほんとにきのどくだね」

というものもいれば、

「娘《むすめ》が梅《うめ》の木《き》と運命《うんめい》をともにするというのだからしかたないさ」

というものもいました。

朝夕梅《あさゆううめ》の木《き》をながめるたびにつぼみがふくらんでくるのを見《み》て、メファはひたすら祈《いの》りました。

「梅《うめ》の木《き》よ、どうかお前《まえ》に心《こころ》があるなら、わたしのねがいを聞《き》いておくれ。この春《はる》だけは白《しろ》い花《はな》ではなく、薄紅色《うすべにいろ》の杏《あんず》の花《はな》にさいておくれ」

やがて春《はる》の光《ひかり》をあびて梅《うめ》のつぼみはほころびました。メファの祈《いの》りがつうじたのでしょう、ある朝《あさ》、梅《うめ》の木《き》に薄紅色《うすべにいろ》の杏《あんず》の花《はな》がさいて、あた

り一面《いちめん》にかぐわしい香《かお》りをただよわせました。見《み》はりの兵士《へいし》のしらせで役《やく》人《にん》がまたしらべにやってきました。杏《あんず》の花《はな》がさいているのを見《み》て、役《やく》人《にん》はだまってひきあげていきました。

あつまってきた村人《むらびと》たちが口《くち》ぐちにいいました。

「なんとまあ、ふしぎなことよなあ。梅《うめ》の木《き》に杏《あんず》の花《はな》がさくとはなあ」

「ほれ、木《き》は人《ひと》の気持《きも》ちがわかるっていうじゃないか。じゃまくさいと思《おも》ってながめりゃ、いつのまにか、かれることもあるよ」

「そうさなあ、娘《むすめ》の思《おも》いがつうじたんだなあ」

あまい香《かお》りのライラック

三倉智子《みくらさとこ》

ライラックの花《はな》ってしってる？　小《ちい》さな紫色《むらさきいろ》の花《はな》がふさを作《つく》り、葉《は》っぱもハート型《がた》でかわいいんだ。その花《はな》がさいて、あまい香《かお》りがただようと北国《きたぐに》にもようやく春《はる》がきたって実感《じっかん》できる。日本《にほん》には明治時代《めいじじだい》につたわってきて、英語《えいご》のライラックとかフランス語《ご》のリラの名前《なまえ》でよばれている。札幌《さっぽろ》のライラック祭《まつ》りがゆうめいだけど、中国《ちゅうごく》の北部《ほくぶ》でもとても人気《にんき》のある花《はな》なんだ。市《し》の花《はな》になっていたり、広場《ひろば》や公園《こうえん》にもたくさんうえられている。中国《ちゅうごく》では古《ふる》くから自生《じせい》していて、丁香花《ディンシャンファ》とよばれている。どうしてこうよばれるようになったかっていうとね、こんな話《はなし》がつたわっている。

むかし、仲《なか》のよい夫婦《ふうふ》がいた。そこにひとり娘《むすめ》が生《う》まれた。丁香《ディンシャン》と名《な》をつけて、それはそれはかわいがった。丁香《ディンシャン》はかわいらしくて、素直《すなお》でやさしくて、そしてふしぎなことに、とてもよい香《かお》りがした。丁香《ディンシャン》がそっとお母様《かあさま》に近《ちか》づいて背中《せなか》から手《て》をまわそうとしても、お母様《かあさま》はその香《かお》りで気《き》づいてふりむく。

「あら、丁香《ディンシャン》、どうしたの？　こっちにいらっしゃい」

きっとかくれんぼなんかできなかっただろうね。とても仲《なか》のいい家族《かぞく》だったのに、なんと丁香《ディンシャン》が三歳《さい》のときにお母様《かあさま》が亡《な》くなった。お父様《とうさま》は、ひとりでは丁香《ディンシャン》をそだてきれず、再婚《さいこん》した。二番目《ばんめ》の母親《ははおや》も、最初《さいしょ》は丁香《ディンシャン》をそれなりにかわいがった。ところが自分《じぶん》の娘《むすめ》が生《う》まれると、とたんに丁香《ディンシャン》がじゃまになった。丁香《ディンシャン》が八歳《さい》のとき、なんとしたことか、お父《とう》様《さま》まで亡《な》くなってしまった。

ひとりのこされた丁香《ディンシャン》はそのときから下《した》ば

たらきの仕事《しごと》をすべてやらされた。朝《あさ》はやくから水《みず》くみに行《い》ったり、家《いえ》中《じゅう》のそうじ、せんたく、すべてこなした。母親《ははおや》からはね、

「なにをぼやぼやしているんだ。まだまだ仕事《しごと》は山《やま》とあるんだよ」

と毎日毎日《まいにちまいにち》どなられ、こづかれた。

ろくにご飯《はん》ももらえず、着《き》るものといったらぼろぼろの服《ふく》。それでも美《うつく》しくそだち、ふしぎなことに、あいかわらずいい香《かお》りが立《た》ちのぼっていた。妹《いもうと》はなにひとつはたらこうともせず、おいしいものを食《た》べ、きれいな服《ふく》を着《き》ていた。でもね、どういうわけか、とってもみにくかった。年《とし》ごろになってもだれも結婚《けっこん》のお世話《せわ》をしてくれず、母親《ははおや》もあせっていた。ある日《ひ》、町《まち》をひとりのわかものがとおりかかった。母親《ははおや》は思《おも》った。

（よし、このわかものを娘《むすめ》のむこにしよう）
たくみな言葉《ことば》で家《いえ》の中《なか》にひきいれ、実《じつ》の娘《むすめ》に会《あ》わせた。わかものは家《いえ》に入《はい》ったものの、みにくい娘《むすめ》を見《み》て、早《そう》そうに立《た》ちさることにした。そのとき、お茶《ちゃ》をもってきた丁香《ディンシャン》とぶつかりそうになった。お茶《ちゃ》をこぼし、しゃがんだ丁香《ディンシャン》から立《た》ちのぼるあまい香《かお》り、そしてこちらをむいたその顔《かお》は仙女《せんにょ》のよう。わかものは思《おも》わずつぶやいた。
「こんな美《うつく》しい娘《むすめ》と結婚《けっこん》できたらいいのに」

もちろん、そんな言葉《ことば》を聞《き》いた母親《ははおや》がゆるすわけもない。丁香《ディンシャン》を大声《おおごえ》でどなりつけているあいだにわかものはそっとにげだした。

わかものがにげさったことに気《き》づいた母親《ははおや》と妹《いもうと》はいかりくるった。いままで以上《いじょう》に丁香《ディンシャン》につらくあたり、自分《じぶん》たちがつかれはてるまでいためつけた。

体中《からだじゅう》あざだらけになり、痛《いた》みにたえられなくなった丁香《ディンシャン》は気《き》をうしなった。夜中《よなか》、ふと気《き》づくと、亡《な》くなったお母様《かあさま》が丁香《ディンシャン》の体《からだ》をていねいにぬぐってくれていた。お母様《かあさま》の手《て》のぬくもりは丁香《ディンシャン》の傷《きず》の痛《いた》みをとりさった。

「ああ、お母様《かあさま》、お母様《かあさま》」

丁香《ディンシャン》の口《くち》もとには小《ちい》さなほほえみがうかび、そのままお母様《かあさま》のもとへと旅立《たびだ》った。

翌朝《よくあさ》、いつもの水《みず》くみ場《ば》で丁香《ディンシャン》と会《あ》わなかった近所《きんじょ》の人《ひと》たちが心配《しんぱい》して、家《いえ》にようすを見《み》にきた。しらんぷりする母親《ははおや》と妹《いもうと》に業《ごう》をにやし、家中《いえじゅう》をさがした。かわいそうに丁香《ディンシャン》は、いつもねているたきぎ小屋《ごや》で息《いき》たえていた。

みな泣《な》きながら丁香《ディンシャン》のなきがらをとむらった。するとその場所《ばしょ》からつぎの年《とし》には小《ちい》さな芽《め》が出《で》てきた。あれ、と思《おも》っていると、やがてハート型《がた》の葉《は》っぱが出《で》てきた。みなは、

「ああ、きっと丁香《ディンシャン》のやさしい心《こころ》があらわれたんだ」

と口《くち》ぐちにいった。やがて春《はる》になると小《ちい》さな紫《むらさき》の花《はな》がさきはじめ、いい香《かお》りがあたりにただよった。

「ああ、この香《かお》り！　ほら、丁香《ディンシャン》とおなじじゃないか」

いつのまにかこの花《はな》は丁香花《ディンシャンファ》とよばれるようになり、長《なが》くきびしい冬《ふゆ》が終《お》わり、春《はる》のおとずれをつげる花《はな》となった。

でもね、みんな大好《だいす》きな花《はな》で広場《ひろば》にはたくさんうえたけど、あの丁香《ディンシャン》のようなかわいそうな娘《むすめ》が二度《にど》と出《で》ないよう、けっして自分《じぶん》の庭《にわ》にはうえなかったんだって。

休《やす》み時間《じかん》
担当《たんとう》
二宮金次郎先生《にのみやきんじろうせんせい》
家《いえ》は墓場《はかば》のおく。
あ～こわいな～
ドキドキ
家庭訪問《かていほうもん》
幽麗華《ゆうれいか》の家《いえ》
うわん
ああああっ
ガシャン…
あ、あれ？やりすぎた
うわん
15分後《ふんご》
もしもし
先生《せんせい》ですか？
ん？
わー！
先生《せんせい》待《ま》ってましたよ
あれ？
先生《せんせい》！先生《せんせい》～
ガクッ
父《とう》さんどうしたの？

3時《じ》間《かん》目《め》

麦畑《むぎばたけ》をたがやす男《おとこ》

岩倉千春《いわくらちはる》

むかし、イギリスのある村《むら》に大《おお》きな農家《のうか》があって、広《ひろ》い麦畑《むぎばたけ》をもっていた。はたらきものの三人《にん》の息子《むすこ》たちがいたが、それだけでは手《て》がたりず、主《あるじ》は畑仕事《はたけしごと》のために何人《なんにん》か人《ひと》をやとっていた。

ある年《とし》の冬《ふゆ》、この農家《のうか》は大《おお》きな不運《ふうん》にみまわれた。息子《むすこ》たちがつぎつぎに病気《びょうき》で死《し》に、あかるく元気《げんき》だった奥《おく》さんも亡《な》くなった。使用人《しようにん》たちも病気《びょうき》になってやめてしまい、主《あるじ》はひとりきりになった。

「春《はる》も近《ちか》いというのに、どうしたらいいんだ。そろそろ畑《はたけ》をたがやさないと」
新《あたら》しい使用人《しようにん》をやとおうとしたが、いい人《ひと》が見《み》つからない。このあたりでは、仕事《しごと》をさがしている人《ひと》は、春先《はるさき》の市《いち》ではたらき口《ぐち》を見《み》つけるのがならわしだった。それをすぎてしまうと、使用人《しようにん》を見《み》つけるのはむずかしかった。
そうこうするうち、ほかの農家《のうか》は畑《はたけ》をたがやしはじめた。よその畑《はたけ》を横目《よこめ》で見《み》ながら、主《あるじ》は気《き》ばかりあせって、ある日《ひ》のこと、家《いえ》の戸口《とぐち》にたって、ふとこんなことを口《くち》にした。

「種《たね》まきの時期《じき》にまにあわないぞ。もうこうなったら、だれでもいいから、目《め》の前《まえ》にきた人《ひと》をやとうことにしよう」

すると、ひとりの男《おとこ》が道《みち》を歩《ある》いて、家《いえ》の前《まえ》までやってきた。

「あんた、どこへ行《い》くんだい。うちの畑《はたけ》ではたらかないか」

「いいですよ。条件《じょうけん》さえあえばね。ちょうどはたらき口《ぐち》をさがしていたところです」

「今日《きょう》から麦《むぎ》のとりいれの日《ひ》まではたらいて、いくらほしいかね」

「柳《やなぎ》の枝《えだ》一本《ぽん》でたばねられるだけのかわいた麦《むぎ》をもらえれば」

「それだけでいいのか。じゃあ、きまりだ。今日《きょう》からうちではたらいてくれ」

主《あるじ》は男《おとこ》を自分《じぶん》の畑《はたけ》につれていった。広《ひろ》い畑《はたけ》が三か所《しょ》ある。男《おとこ》は畑《はたけ》を見《み》たあと、森《もり》へ入《はい》っていって木《き》の枝《えだ》を切《き》って三本《ぼん》の棒《ぼう》を作《つく》り、三《みっ》つの畑《はたけ》のすみに一本《ぽん》ずつさした。

「おれがひとりで全部《ぜんぶ》たがやすから、だんなはなにもしなくていいですよ」

男《おとこ》はそういった。ところが、そのままっすぐ家《いえ》に帰《かえ》ると、その日《ひ》は一日《いちにち》なにもしないでぶらぶらとすごした。

つぎの日《ひ》も、そのつぎの日《ひ》も、朝《あさ》はやくに男《おとこ》は畑《はたけ》へ出《で》ていったが、すぐに帰《かえ》ってきた。それが何日《なんにち》もつづいたので、主《あるじ》はだんだん不安《ふあん》になってきた。

「いつになったら仕事《しごと》をはじめるんだ。よその畑《はたけ》は、もうあらかたたがやしおわっているぞ」

「土《つち》が目《め》をさましたらはじめます。うちの畑《はたけ》は土《つち》がまだおきてない」

「そんなこと、どうしてわかるんだ」

「棒《ぼう》でわかるんです」

ふしぎに思《おも》った主《あるじ》は、つぎの日《ひ》の朝《あさ》、こっそり男《おとこ》のあとをつけていった。男《おとこ》は畑《はたけ》のすみの棒《ぼう》をひきぬくと、地面《じめん》にささっていたほうを鼻《はな》にあてた。そして、首《くび》を横《よこ》にふると、棒《ぼう》をまた地面《じめん》にさした。それからつぎの畑《はたけ》に行《い》き、三《みっ》つ目《め》の畑《はたけ》でもおなじことをして、家《いえ》にもどった。

つぎの日《ひ》の朝《あさ》、男《おとこ》は畑《はたけ》へ出《で》て棒《ぼう》をぬいて鼻《はな》にあてた。そして全速力《ぜんそくりょく》で家《いえ》にもどるなり、馬《うま》をつれ、からすきをもって畑《はたけ》へひきかえした。

「馬《うま》たちに、引《ひ》き綱《づな》に、元気《げんき》いっぱいの小僧《こぞう》たち、土《つち》がおきたぞ、めざめたぞ」

男《おとこ》は大《おお》きな声《こえ》でそういって、ものすごいいきおいでたがやしはじめた。日《ひ》がくれるころには、たったひとりで三《みっ》つの畑《はたけ》全部《ぜんぶ》をたがやしたばかりか、種《たね》をまいて土《つち》をならすところまで、すっかり終《お》わっていた。

主《あるじ》は大満足《だいまんぞく》。よその畑《はたけ》とおなじくらいはやく麦《むぎ》まきが終《お》わったので上《じょう》きげんだった

そのあとも男《おとこ》はどんな仕事《しごと》もはやく上手《じょうず》にこなしたので、主《あるじ》はいい使《し》用人《ようにん》をやとえたとよろこんでいた。

秋《あき》になって麦《むぎ》をかり、納屋《なや》に入《い》れる時期《じき》になった。

「もう十分《じゅうぶん》かわいたな。納屋《なや》へ入《い》れよう」

「その前《まえ》に、手間賃《てまちん》をはらってもらいますよ」

男《おとこ》はそういって、森《もり》へ行《い》くと、柳《やなぎ》の枝《えだ》を一本《ぽん》きってもどってきた。それを畑《はたけ》において、その上《うえ》に麦《むぎ》の束《たば》をつぎつぎつみあげた。どんどんどんつんでいくと、麦《むぎ》はいくらでもつみかさなって、畑《はたけ》にある麦《むぎ》の束《たば》が

あらかた柳《やなぎ》にのってしまった。

「ちょっと待《ま》て。これはいったいどういうことだ」

主《あるじ》はおどろいてそういった。だが、男《おとこ》はとりあわずに柳《やなぎ》をむすんでひとまとめにした。

「柳《やなぎ》の枝《えだ》一本《ぽん》でたばねられるだけのかわいた麦《むぎ》をもらうって、最初《さいしょ》にきめたじゃないですか」

このままでは自分《じぶん》の取《と》り分《ぶん》がなくなってしまう。主《あるじ》は大《おお》あわてで祈《いの》るようにこういった。

「時期《じき》を見《み》て種《たね》をまき
時期《じき》を見《み》てパンを焼《や》き
時期《じき》を見《み》てかりとった
そのわたしの取《と》り分《ぶん》を
柳《やなぎ》の枝《えだ》一本《ぽん》でとられることがないように
時期《じき》をさだめた神様《かみさま》におねがいします」
神様《かみさま》という言葉《ことば》が出《で》たとたんに、柳《やなぎ》の枝《えだ》がバチンと大《おお》きな音《おと》をたてて
はじけた。麦《むぎ》の束《たば》は畑中《はたけじゅう》にちらばり、男《おとこ》は、白《しろ》い霧《きり》になって、すっと空《そら》
にきえてしまった。

五月祭《ごがつさい》のおどり

杉本栄子《すぎもとえいこ》

ドイツでは、長《なが》くくらい冬《ふゆ》が終《お》わると、人《ひと》びとは心《こころ》から春《はる》のおとずれをよろこび、美《うつく》しい季節《きせつ》を楽《たの》しむ。四月《がつ》の終《お》わりごろ、家《いえ》のまどべには、白樺《しらかば》やカシの木《き》の若枝《わかえだ》をかざる。

五月一日《がつついたち》には、町《まち》や村《むら》の大《おお》きな広場《ひろば》に、白樺《しらかば》やカシなどの大《おお》きな木《き》が立《た》つ。これはマイバウム（五月柱《ごがつばしら》）といって、上《うえ》の方《ほう》には花輪《はなわ》や色《いろ》とりどりのリボンがかざられる。

ケンの住《す》む南《みなみ》ドイツの小《ちい》さな町《まち》の広場《ひろば》にも、カシの木《き》が立《た》てられる。民俗衣装《みんぞくいしょう》に着《き》かざった娘《むすめ》やわかものたち、コーラス隊《たい》やブラスバンドの行列《ぎょうれつ》が、町《まち》の広場《ひろば》に到着《とうちゃく》すると、五月祭《ごがつさい》のはじまりだ。

ケンは毎年《まいとし》遊《あそ》び仲間《なかま》といっしょに、その行列《ぎょうれつ》についてまわる。一年《ねん》で一番楽《いちばんたの》しいときだ。

「もうすぐ木《き》の下《した》でおどりがはじまるよ」

「今年《ことし》はぼくらもいっしょにおどろうよ」

「うん、思《おも》いきり、楽《たの》しもうぜ」

広場《ひろば》につくと、もうたくさんの人《ひと》があつまっていた。

「でも、なんで、ぼくらの町《まち》ではこの祭《まつ》りを〈七人《にん》のおどり〉っていうのかな。意味《いみ》がわからないよ」

とケンがつぶやくと、マティアスがこういった。

「ぼく、〈七人《にん》のおどり〉って詩《し》を聞《き》いたことがあるけど、それと関係《かんけい》あるのかな」

すると、そばにいた町一番《まちいちばん》のものしりじいさんが、ふたりに話《はな》しかけてきた。

「そう、この祭《まつ》りは〈七人《にん》のおどり〉の詩《し》の中《なか》で歌《うた》われているとおりさ。いまはもう、この詩《し》や祭《まつ》りのいいつたえを、思《おも》いだすものはいないようだね」

おじいさんは、「ずっと、ずっとむかしのことだよ」と、ふたりを相《あい》手《て》に話《はな》しはじめた。

「マイン川《がわ》流域《りゅういき》が伝染病《でんせんびょう》におそわれて、このあたりはほぼ全滅《ぜんめつ》してしまった時《じ》代《だい》があったんだよ。そうペストさ。きみたちもしっているだろう。むかしはこいつにとりつかれたら、どうしようもない。この町《まち》はまだ小《ちい》さい村《むら》だったが、どの家《いえ》の入《い》り口《ぐち》にもワラの束《たば》がつるされた」

「え、ワラって、麦《むぎ》ワラのこと？」

「ああ、ワラには悪《わる》い霊《れい》をとめるふしぎな力《ちから》があると、みんなしんじていたからね、だから、そうしてペストが家《いえ》に入《はい》ってこないようにしたのさ。でも、あまり役《やく》に立《た》たなくてね、村《むら》は死《し》んだようにしずまりかえって、外《そと》を歩《ある》くものもいなくなった」

「え、みんな死《し》んじゃったの」

というふたりの声《こえ》に、おじいさんは首《くび》を横《よこ》にふった。

「いいや、ある日《ひ》、ある男《おとこ》が勇気《ゆうき》を出《だ》して死人《しにん》であふれている小道《こみち》に入《はい》ると、黒《くろ》い布《ぬの》をまとった女《おんな》が見《み》えた。そいつは小道《こみち》から出《で》て村《むら》のさかいの方《ほう》にむかうと、ふっときえた。男《おとこ》は（あ、これは長《なが》いあいだ、あれくるったペストの霊《れい》にちがいない。これで、やっとおそろしい伝染病《でんせんびょう》が終《お》わる）って思《おも》ったそうだ。それからほんとうにペストは終《お》わったが、生《い》きのこったのは八人《にん》だけ、わずかに男《おとこ》が八人《にん》さ」

（たったの八人《にん》だけ……）

ふたりはため息《いき》をついた。

「八人《にん》は村《むら》をきれいにして、死者《ししゃ》を埋葬《まいそう》して、村《むら》の中《なか》にのこった財産《ざいさん》をたがいにわけあって、それから家《いえ》をたて、家族《かぞく》もふやした。夢中《むちゅう》ではたらいて、村《むら》のくらしを豊《ゆた》かにした。男《おとこ》たちの評判《ひょうばん》は遠《とお》くの村《むら》にまでしれわたり、まわりの人《ひと》びとから「八人衆《はちにんしゅう》」とよばれるようになった。そして年《とし》をとるにつれて順《じゅん》じゅんに亡《な》くなって、しずかに人生《じんせい》を終《お》わらせた」

（それがいまの町《まち》か）

とケンとマティアスはうなずいた。

「最後《さいご》のひとりが亡《な》くなるとき、臨終《りんじゅう》の床《とこ》に七人《にん》の息子《むすこ》たちをよんで、大《おお》きな財産《ざいさん》をみな平等《びょうどう》にわけあたえて、こういったんだよ。『この町《まち》がペストにおそわれた、くらい時代《じだい》をわすれてはいけない。きびしい冬《ふゆ》のあとにおだやかな春《はる》がくる。花《はな》がさき、新緑《しんりょく》が芽《め》ぶき、新《あたら》しい勇気《ゆうき》がわいてくる。われわれがペストの恐怖《きょうふ》から生《い》きのこったことを感謝《かんしゃ》して、毎年《まいとし》五月一日《がつついたち》に森《もり》から一番《いちばん》いいカシの木《き》をきってきて、町《まち》の真《ま》ん中《なか》に立《た》てなさい。そして村《むら》の人《ひと》びとみないっしょに、木《き》のまわりで楽《たの》しくおどりなさい』ってね。それで、七人《にん》の息子《むすこ》たちはその言葉《ことば》をまもって、毎《まい》

年《とし》マイバウムを立《た》てることにした。その習慣《しゅうかん》が仲間《なかま》から仲間《なかま》へとひきつがれたのさ」

そこでおじいさんはひと息入《いきい》れると、こうつづけた。

「かざりのついた木《き》のまわりでおどるのは、春《はる》がきた喜《よろこ》びや楽《たの》しみだけではない。おそろしい時代《じだい》のことを思《おも》い、新芽《しんめ》から生《い》きる力《ちから》や希望《きぼう》をもらっていることをわすれないためだよ。さあ、これからは、きみたちが〈七人《にん》のおどり〉の物語《ものがたり》を、みんなにつたえておくれ」

音楽《おんがく》が聞《き》こえ、カシの木《き》のまわりでは、人《ひと》びとがおどりはじめた。

ドキドキ 家庭訪問《かていほうもん》

バクのクースケの家《いえ》

担当《たんとう》 河童巻三校長先生《かっぱまきぞうこうちょうせんせい》

休《やす》み時間《じかん》

4時《じ》間《かん》目《め》

ふしぎな花《はな》のお話《はなし》

白椿《しろつばき》

常光《つねみつ》　徹《とおる》

むかし、あったそうな。

春《はる》の昼《ひる》さがり。村《むら》の年《とし》よりたちがお堂《どう》にあつまって、庭《にわ》の白椿《しろつばき》をながめておった。

「今年《ことし》も、見事《みごと》な花《はな》をつけた」

口《くち》ぐちにほめそやしているところに、旅姿《たびすがた》の娘《むすめ》が入《はい》ってきた。

「休《やす》ませてもらって、よいでしょうか」

「さぁさぁ、休《やす》んでいきなされ。どちらからきなさった」

「ひさしぶりに、帰《かえ》ってまいりました」

「帰《かえ》ってみえられたと。はて、どこの娘《むすめ》さんかの？」

八十になるばあさんが首《くび》をかしげた。

「生《う》まれた家《いえ》はとうにありません。村《むら》のながめもすっかりかわりました。
でも、名主《なぬし》さまのお屋敷《やしき》はむかしのままですね」

年《とし》よりたちは、キツネにつままれたような顔《かお》で、目《め》をしばたかせた。

「椿《つばき》もこんなに大《おお》きくなって」

娘《むすめ》は、なつかしそうに白椿《しろつばき》を見《み》あげた。

「この椿《つばき》をしっておるのか」

「はい、村《むら》を出《で》るときにわたしがうえたものです」

「ばかなことをいうでない。これは二百年《ねん》たつという椿《つばき》ぞ」

「娘《むすめ》さんは、いくつじゃ」

年《とし》よりたちは、あきれはてたように笑《わら》った。娘《むすめ》は気《き》にするでもなく、ほほえんでいたが、ひとりのじいさんがぼそりといった。

「お堂《どう》の白椿《しろつばき》は、村《むら》で生《う》まれた娘《むすめ》が、ここを出《で》ていくときにうえたものだという話《はなし》を聞《き》いたことがある」

「その娘《むすめ》のことであろう。わしのじいさまも語《かた》っておった。むかし、ふしぎなものを食《く》って、八百年《ねん》も生《い》きることになった娘《むすめ》がいたそうじゃ」

年《とし》よりたちは白椿《しろつばき》にまつわるいいつたえを語《かた》りはじめた。だれかが、

「その娘《むすめ》は、いまごろどうしておるかの。まさか……」

といいかけて、旅《たび》の娘《むすめ》を見《み》た。

「その、まさかの娘《むすめ》がわたしです」

おどろきともため息《いき》ともつかぬ声《こえ》が広《ひろ》がった。年《とし》よりたちは、しんじられぬという目《め》で娘《むすめ》を見《み》た。しかし、むかしの話《はなし》を聞《き》いているうちに、二百年前《ねんまえ》に村《むら》を出《で》た娘《むすめ》にちがいないと思《おも》うようになった。

「ところで、ふしぎなものとはいったいなにを食《た》べたのかい」

お茶《ちゃ》をつぎにきたばあさんがたずねた。

娘《むすめ》は、とおいむかし、父親《ちちおや》から聞《き》いたこんな話《はなし》を語《かた》った。

ある日《ひ》、父親《ちちおや》は村《むら》の仲間《なかま》とともに、となり町《まち》の老人《ろうじん》の家《いえ》にまねかれた。海《うみ》の見《み》えるりっぱな屋敷《やしき》だったという。

座敷《ざしき》にあがると、ごちそうがならんでいた。すすめられるまま、食《く》ったりのんだりしていたが、便所《べんじょ》に行《い》きたくて席《せき》を立《た》った。ろうかのとちゅうで台所《だいどころ》をのぞくと、まな板《いた》の上《うえ》に、魚《さかな》のようだがどこか人《ひと》の姿《すがた》にたものがのっている。

きみ悪《わる》く感《かん》じた父親《ちちおや》は、座敷《ざしき》にもどると仲間《なかま》にそっと耳《みみ》うちした。ま

もなく、老人《ろうじん》があらわれ、とてもめずらしいものだといって、皿《さら》にもった料理《りょうり》を出《だ》した。しかし、だれもはしをつけない。めずらしいのでぜひみやげにいただきたい、そうたのんで、みやげにもらって家《いえ》を出《で》た。

仲間《なかま》のものは、帰《かえ》り道《みち》ですててしまったが、父親《ちちおや》だけはなぜかもちかえって、戸棚《とだな》のおくにしまっておいた。

「それを子《こ》どものわたしが見《み》つけて、食《た》べてしまったのです。じつは、ひと口《くち》食《た》べると、数百年《すうねん》のあいだ生《い》きつづけるという人魚《にんぎょ》の肉《にく》だったのです」

娘《むすめ》はさみしそうにいった。

十八の年《とし》までは村《むら》の娘《むすめ》たちとおなじように成長《せいちょう》したが、その後《ご》は年《とし》をとることがなく、いつまでも十八のままの若《わか》さ。やがて、親《おや》も亡《な》くなったため旅《たび》に出《で》たのだという。

語《かた》りおえると、

「もう村《むら》に帰《かえ》ってくることもないでしょう。この白椿《しろつばき》がかれたときが、わたしの命《いのち》が終《お》わるときです」

そういいのこして、旅立《たびだ》っていったという。

シダの花《はな》

斎藤君子《さいとうきみこ》

シダという草《くさ》には花《はな》がさかない。だから、種《たね》ができない。葉《は》っぱの裏《うら》にブツブツした胞子《ほうし》というのがならんでいて、それが四方《しほう》にとびちり、地面《じめん》におちてふえる。ところが、めったにないことだけど、ほんの一瞬《いっしゅん》、花《はな》をさかせるシダがある。シダの花《はな》がさくのは、復活祭《ふっかつさい》の夜《よる》の十二時《じ》きっかりなんだ。復活祭《ふっかつさい》というのは、春分《しゅんぶん》のあとにくる、キリスト教《きょう》の一番《いちばん》たいせつな祝日《しゅくじつ》で、イエス・キリストの復活《ふっかつ》をお祝《いわ》いする日《ひ》なんだ。

「復活祭《ふっかつさい》の晩《ばん》、シダの花《はな》を見《み》つけて手《て》に入《い》れることができれば、一生苦労《いっしょうくろう》しらずで、しあわせにくらせるんだが……」

村《むら》の年《とし》よりたちは祭日《さいじつ》によりあつまると、よくそんな話《はなし》をしている。だけど、復活祭《ふっかつさい》の晩《ばん》に森《もり》へ行《い》ってシダの花《はな》をさがしまわった人《ひと》は何人《なんにん》もいるが、シダの花《はな》を手《て》に入《い》れた人《ひと》はまだだれもいない。

シダの花《はな》をさがしに行《い》くときは、だれにもいわず、たったひとりで森《もり》までだまって歩《ある》いていかなければならない。それも、ふつうに前《まえ》をむいて歩《ある》いてはいけない。後《うし》ろむきに歩《ある》くんだ。後《うし》ろむきに歩《ある》くと、ついふりかえりたくなるが、そんなことをしたらおしまいだ。シダの花《はな》には出《で》あえない。

この春《はる》、ぼくはついに心《こころ》にちかった。

「復活祭《ふっかつさい》の晩《ばん》、ぼくはシダの花《はな》をさがしに行《い》くんだ！　ぜったい、このぼくがシダの花《はな》を見《み》つけてやるんだ！」って。

そして、その復活祭《ふっかつさい》の晩《ばん》がきた。ぼくは計画《けいかく》していたとおり、ひとりでこっそり家《いえ》をぬけだした。もちろん、パパやママにはないしょだ。ぼくの家《いえ》から森《もり》の入《い》り口《ぐち》まで、ふつうに歩《ある》けば三十分《ぷん》だ。ぼくは家《いえ》の前《まえ》の道《みち》に、森《もり》に背《せ》をむけて立《た》ち、大《おお》きく深呼吸《しんこきゅう》した。

「よし、行《い》くぞ！」

ぼくは気合《きあ》いを入《い》れて足《あし》を一歩《ぽ》、後《うし》ろにゆっくりふみだした。道《みち》からはずれないように慎重《しんちょう》に、一歩《ぽ》、一歩《ぽ》、歩《ある》いた。真夜中《まよなか》の十二時《じ》まで、まだ時間《じかん》はたっぷりある。あせることはない。ゆっくりと慎重《しんちょう》に歩《ある》いて、やがて森《もり》の入《い》り口《ぐち》にやってきた。

森《もり》の中《なか》に入《はい》ったら、もうだいじょうぶ、どっちをむいてもかまわない。ぼくはくるりとむきをかえた。そして、うねうねまがりな

がら森《もり》のおくへとつづいている、一本《ぽん》の小道《こみち》を歩《ある》きだした。目《め》をこらしてあたりをキョロ、キョロ、見《み》まわしながら、ぼくは歩《ある》いた。

しばらく行《い》くと、ふいに頭《あたま》の上《うえ》から「ホッホー！」と大《おお》きな声《こえ》がふってきた。ぼくはギクッとして頭上《ずじょう》を見《み》あげた。すると木《き》の上《うえ》にまんまるい大《おお》きな目《め》がふたつならんで、下《した》をじっと見《み》つめていた。

「なんだ、フクロウか。びっくりした！　それにしても、フクロウはあんなむつかしい顔《かお》をして、いったいなにを見《み》ているんだろう？」

そう思《おも》ったぼくは、フクロウが見《み》ている方《ほう》に目《め》をやった。すると、大《おお》きなカシの木《き》の根《ね》もとのあたりがぼんやり光《ひか》っているように見《み》えた。

「おや、あれはなんだろう？」

ぼくはカシの木《き》の根《ね》もとを見《み》つめた。

「シダだ！　シダの葉《は》の裏《うら》から光《ひかり》が出《で》ているぞ！」

ぼくはあわててカシの木《き》の根《ね》もとにかけよって、地面《じめん》にしゃがみこんだ。そして、光《ひか》っているシダの葉《は》の裏《うら》をのぞきこんだ。

「あった！」

葉《は》の裏《うら》に赤《あか》くてまるい、小《ちい》さな玉《たま》のようなものがついていて、くらやみの中《なか》でキラ、キラ、光《ひか》っていた。その小《ちい》さな玉《たま》はまるで燃《も》えているようで、そのあたりだけがくらやみの中《なか》にぽっかりうかんでいるように見《み》える。

「やった！　シダの花《はな》だ！　シダの花《はな》を見《み》つけたぞ！」

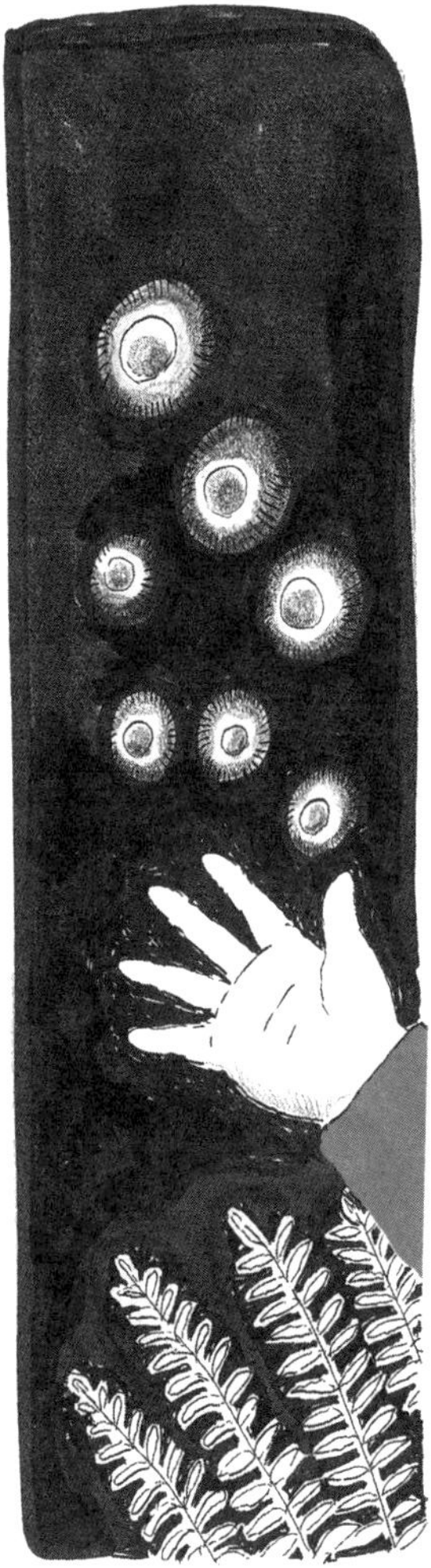

ぼくはうれしさのあまり心《こころ》の中《なか》でさけんで、その赤《あか》い花《はな》に手《て》をのばした。その瞬間《しゅんかん》、赤《あか》い花《はな》がまるでシャボン玉《だま》のようにパチンとはじけ、夜《よ》空《ぞら》にちった！

「アアー！」

ぼくはただぼうぜんとして、その場《ば》にへたりこんでしまった。

気《き》がついたときには、あたりはふたたびやみにすっぽりとつつまれていた。こうしてぼくの夢《ゆめ》は一瞬《いっしゅん》にして夜空《よぞら》にちった。

あのとき、ぼくがあのシダの花《はな》を手《て》に入《い》れていたら、勉強《べんきょう》だって、スポーツだって、なんだって思《おも》いどおりになったのに……。一番《ばん》になれたのに……。それにお金《かね》だって、ほしいだけ手《て》に入《はい》ったのになあ。でも、このことはないしょだ。ぜったい、だれにも話《はな》すものか。ぼくだけのひみつにしておくんだ。どうせ話《はな》したって、「夢《ゆめ》でも見《み》たんだろう」って、笑《わら》われるだけさ。

妖《よう》怪《かい》博《は》士《かせ》

うしみつトオル博士《はかせ》の妖《よう》怪《かい》学《がく》講《こう》座《ざ》

第《だい》1回《かい》「妖《よう》怪《かい》ってな〜に？」

フォッフォッフォッ……。
きみたちは妖怪《ようかい》をかぞえる単位《たんい》をしっておるかな？
妖怪《ようかい》を研究《けんきゅう》する民俗学《みんぞくがく》という学問《がくもん》では、
「種目《しゅもく》」という単位《たんい》をつかう。
運動会《うんどうかい》といっしょだな。
では、なぜ種目《しゅもく》なのか？　それには
妖怪《ようかい》とはなにかを説明《せつめい》しなければならない。
みんなは「妖怪《ようかい》」と聞《き》くと、
河童《かっぱ》、鬼《おに》、天狗《てんぐ》のように、
キャラクターを思《おも》いうかべるだろう？

一般的《いっぱんてき》な妖怪《ようかい》

しかし、民俗学《みんぞくがく》で
妖怪《ようかい》の研究《けんきゅう》をしている人たちは、
もっと広《ひろ》い意味《いみ》で「妖怪《ようかい》」という
言葉《ことば》をつかうのじゃ。
かんたんにいえば、ふしぎな
モノゴトぜ〜んぶ妖怪《ようかい》なんじゃ。
つまり、河童《かっぱ》のような
キャラクターだけではなく、
ポルターガイストのような
超常現象《ちょうじょうげんしょう》も妖怪《ようかい》といえる。
だからこそ、より広《ひろ》いはんいを
カバーできる種目《しゅもく》という単位《たんい》が
便利《べんり》なのだよ。

給《きゅう》食《しょく》

ふしぎな薬草《やくそう》

高津《たかつ》美保子《みほこ》

ドナウ川《がわ》ぞいのある村《むら》に、水車小屋《すいしゃごや》があった。粉屋《こなや》をしていたが、だんなさんは一年《ねん》ほど前《まえ》に病気《びょうき》で亡《な》くなり、あとにはおかみさんと娘《むすめ》がのこされた。

その後《ご》おかみさんは体《からだ》をこわして、ねたりおきたりになり、家《いえ》のことや母親《ははおや》の世話《せわ》は十二歳《さい》になる娘《むすめ》のマリーがやっていた。

村《むら》の人《ひと》たちがかわいそうな親子《おやこ》のためになにかと手助《てだす》けしてくれたが、

母親《ははおや》の病気《びょうき》がよくなることはなかった。

ある日《ひ》のこと、マリーは最近村《さいきんむら》にやってきた医者《いしゃ》のうわさを聞《き》いた。なんでも薬草《やくそう》でとても助《たす》かりそうもない人《ひと》の病気《びょうき》をなおしたというのだ。

それを聞《き》いたマリーはなんとか母親《ははおや》をなおしてもらいたくて、すぐさま母《はは》をつれてその医者《いしゃ》をたずねた。医者《いしゃ》は患者《かんじゃ》をしんさつしたあと、娘《むすめ》の目《め》をのぞきこんでいった。

「きみはお母《かあ》さんを心《こころ》から愛《あい》しているね。愛《あい》があれば、お母《かあ》さんを助《たす》けられるかもしれん。きみが勇敢《ゆうかん》でわしのいったとおりにすると約束《やくそく》するなら、方法《ほうほう》を教《おし》えよう」

マリーは約束《やくそく》しますとちかって、その医者《いしゃ》からふしぎな薬草《やくそう》を手《て》に入《い》れる方法《ほうほう》を聞《き》いた。

そして、まだ雪《ゆき》ののこる晩《ばん》、満月《まんげつ》が真夜中《まよなか》の空《そら》にかかったとき、マリーは小《ちい》さなかごをもって森《もり》に出《で》かけた。

マリーはなだらかな丘《おか》をのぼりおりし、小川《おがわ》をわたり、医者《いしゃ》からおそわった目印《めじるし》をたしかめながら森《もり》の中《なか》の空《あ》き地《ち》にやってきた。そして必死《ひっし》に指示《しじ》された場所《ばしょ》をさがしたが、薬草《やくそう》は見《み》つからなかった。

マリーはだんだんつらく悲《かな》しくなって、こけの上《うえ》にうずくまって泣《な》きはじめた。

そのとき、森《もり》からひとりのおじいさんがあらわれた。そのおじいさんは、白《しろ》いフードつきコートのベルトに銀《ぎん》の鍵束《かぎたば》をつけ、ゆっくりとマ

リーの方《ほう》に歩《ある》いてきた。

「こんなに寒《さむ》くておそい時間《じかん》に、ここでなにをしているのかね」

おじいさんはやさしくたずねた。

「母《かあ》さんの病気《びょうき》をなおす薬草《やくそう》をさがしているのだけど、見《み》つけられなくて……。まだ山《やま》の野草《やそう》は芽《め》も出《で》てないみたい」

と、マリーはすすり泣《な》きながらこたえた。

「心配《しんぱい》ないさ。きみはよいときにきた。わしが案内《あんない》してやろう。さがしているものが手《て》に入《はい》るさ」

マリーはおじいさんのあとをついて、森《もり》を歩《ある》いた。まもなくふたりは大《おお》きな岩《いわ》の門《もん》についた。

おじいさんは岩《いわ》の門《もん》をあけ、せまくてうすぐらいトンネルを進《すす》んでいったが、あたりはだんだんにあかるくなってきて、うすあかりの中《なか》に、花《はな》がさきみだれ、きらきらかがやくすばらしい光景《こうけい》がひらけてきた。

さらに大理石《だいりせき》の階段《かいだん》をのぼり、花園《はなぞの》やテラスなどを横《よこ》ぎり大広間《おおひろま》についた。

その大広間《おおひろま》の真《ま》ん中《なか》の金《きん》の玉座《ぎょくざ》には、宝石《ほうせき》をちりばめた冠《かんむり》をかぶった美《うつく》しい女王《じょおう》がいて、たくさんの妖精《ようせい》やこびとたちにかこまれていた。

女王《じょおう》はマリーにむかって、なにかこまっていることがあるのかとたずねたので、マリーは、話《はな》しはじめた。

「母《かあ》さんの病気《びょうき》をなおしたくて、ふしぎな薬草《やくそう》をさがしにきたのですが、どうしても見《み》つかりません。どうか、助《たす》けてください」

女王《じょおう》は、やさしくうなずくといった。

「母《かあ》さん思《おも》いの子《こ》ね。心配《しんぱい》はいりません。それより、まずあなたが元気《げんき》になるのが先《さき》よ」

女王《じょおう》が目《め》くばせすると、青《あお》や赤《あか》の服《ふく》を着《き》たこびとたちがすばらしいごちそうを運《はこ》んできた。

それを見《み》ると、マリーは急《きゅう》におなかがぺこぺこだったのを思《おも》いだした。

食事《しょくじ》が終《お》わると、女王《じょおう》は娘《むすめ》のかごにたくさんの薬草《やくそう》をつめて、それからたずねた。
「マリー、ここは気《き》に入《い》った？」
「はい、ここはたくさんの花《はな》にあたたかな光《ひかり》そそぐ春《はる》の国《くに》のよう。こんなにきれいな場所《ばしょ》は見《み》たことがありません」
「じゃあ、ずっとここにいなさい。おまえはわたしの娘《むすめ》となり、のぞむものはなんでも手《て》に入《い》れられるわ。ただし、母親《ははおや》や水車小屋《すいしゃごや》のことはわすれるのよ」

「だめです。とんでもありません。あなたはわたしによくしてくださいました。感謝《かんしゃ》していますが、ここにいるわけにはいきません。どうか、わたしを母《かあ》さんのところに帰《かえ》してください」

「本気《ほんき》なの？」

「はい、どうか母《かあ》さんのところに！」

そのとたん、大《おお》きな雷鳴《らいめい》がとどろき、あたりはやみにつつまれた。

マリーは遠《とお》くから妖精《ようせい》の女王《じょおう》の声《こえ》を聞《き》いた。

「さようなら、マリー。しあわせにおなり！　よき精霊《せいれい》たちがお前《まえ》をまもってくれるように！」

気《き》がつくと、マリーは村《むら》にいた。そして水車小屋《すいしゃごや》が見《み》えたので、いそいで走《はし》りだすと、家《いえ》の前《まえ》で母親《ははおや》が元気《げんき》に出《で》むかえてくれた。

「母《かあ》さん、どうしてこんなに元気《げんき》になったの」

とたずねると、マリーの留守中《るすちゅう》に妖精《ようせい》が薬草《やくそう》をとどけてくれたという。

手《て》にさげたかごを見《み》ると、中《なか》には薬草《やくそう》のかわりに、金《きん》やダイヤモンドが入《はい》っていた。

ドキドキ
家庭訪問《かていほうもん》
担当《たんとう》
昼休《ひるやす》み
雪娘《ゆきむすめ》のゆき子《こ》の家《いえ》
山姥銀子先生《やまうばぎんこせんせい》
家《いえ》は氷《こおり》の塔《とう》。お母《かあ》さんのかわりにお父《とう》さんとお話《はなし》をする。
ヒュウウウウウウウ
なんでここなんじゃや!!
どうも！ いつも「吹雪《ふぶき》」※と「ゆき子《こ》」がお世話《せわ》になってます！
※雪女吹雪先生《ゆきおんなふぶきせんせい》はオウマガドキ学園《がくえん》の音楽《おんがく》の先生《せんせい》です

さ…さむい……
カタカタ……いま何度《なんど》じゃ……?
カタカタ
氷《こおり》ケーキ
かいてきなマイナス20度《ど》にしておきました!
かいてきなわけないじゃろ!!
せめてプラスの温度《おんど》にせんかい!!
カタ
カタ
しかし……
キャッ
キャッ
とけたらかわいそうじゃからわたしががまんするしかないのう……
とけるぅ?
あついよ~!
ありがとうございます……ではゆき子《こ》ちゃんの話《はなし》をします……
キャッ
キャッ

5時間目《じかんめ》

春《はる》の夜《よる》には
動物《どうぶつ》たちもうごきだす

猫《ねこ》おどり

望月正子《もちづきまさこ》

お花見《はなみ》の季節《きせつ》が近《ちか》づいてきた。
和菓子《わがし》の老舗《しにせ》「さくらや」では、草《くさ》もちや桜《さくら》もちのほかに、クリーム入《い》りの和菓子《わがし》も評判《ひょうばん》で、なかなかいそがしい日《ひ》がつづいていた。
ひとり娘《むすめ》の福子《ふくこ》は、春《はる》から中学《ちゅうがく》二年生《ねんせい》になる。
お菓子《かし》を作《つく》るのは、三代目《だいめ》の祖父《そふ》が亡《な》くなってからは父《ちち》ひとり。母《はは》はお菓子作《かしづく》りを手《て》つだいながら、お店《みせ》にも出《で》る。祖母《そぼ》は店《みせ》を手《て》つだいながら、食事《しょくじ》を作《つく》る。だから福子《ふくこ》は、勉強《べんきょう》と部活《ぶかつ》をがんばりながら、洗濯物《せんたくもの》をとりいれてたたむというお手《て》つだいをする。だけど、福子《ふくこ》が生《う》まれるずっと前《まえ》からかっている黒猫《くろねこ》のボスだけは、一日中《いちにちじゅう》陽《ひ》だまりをさがしてはねむりこけている。もうおばあさん猫《ねこ》なのだ。

福子《ふくこ》は、一日《にち》に二回《かい》、ものほし台《だい》にあがる。店《みせ》は清潔第一《せいけつだいいち》だから、毎《まい》日仕事場《にちしごとば》でつかったふきんや父《ちち》たちがつかう手《て》ぬぐい、作業着《さぎょうぎ》などは、その日《ひ》のうちにあらってほす。朝《あさ》ほす洗濯物《せんたくもの》もあるから、二回《かい》とりいれるのだ。

ある日《ひ》、福子《ふくこ》は手《て》ぬぐいをとりいれていて、

(あれっ、わたしのがない)

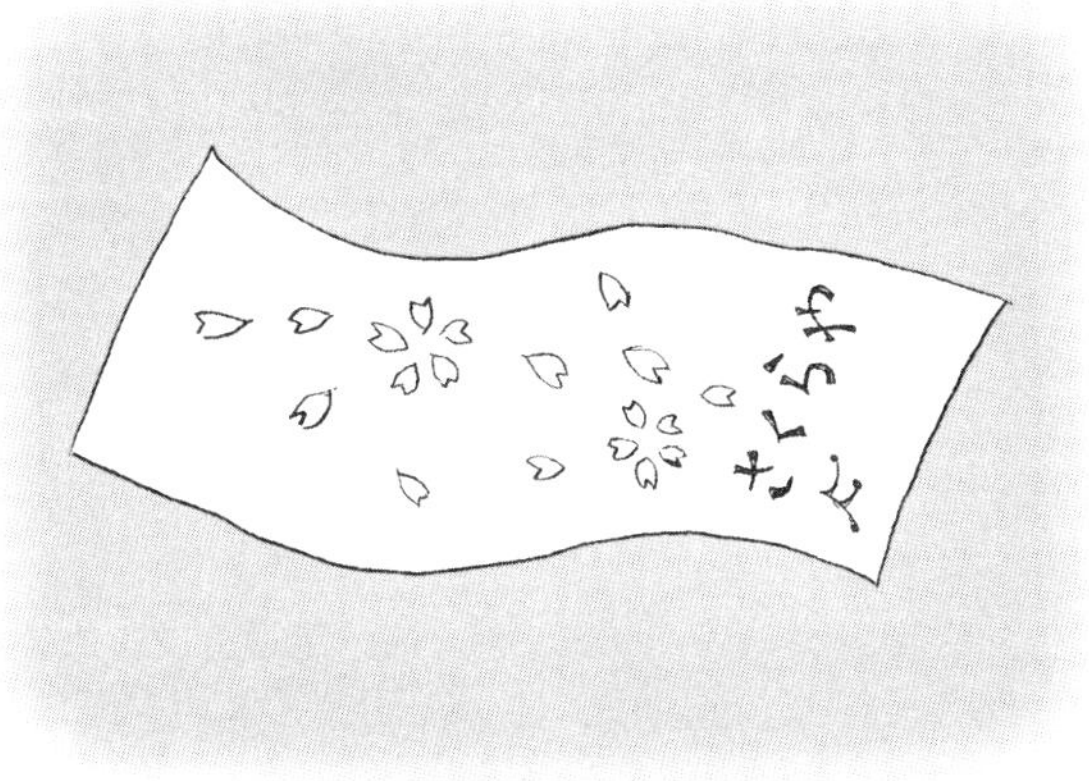

と気《き》がついた。
ピンクの桜《さくら》の花《はな》びらがまい、「さくらや」の文字《もじ》をそめぬいた、さくらや自慢《じまん》の手《て》ぬぐいだ。お得意《とくい》さんにくばったり父《ちち》が頭《あたま》にまいたりする。かわいいので福子《ふくこ》ははしにイニシャルを刺繍《ししゅう》して、汗《あせ》ふきやハンカチがわりにしている。父《ちち》や母《はは》、そして祖母《そぼ》も、それぞれ目印《めじるし》をつけているので、まちがうはずはないのだけど。気《き》になって、店《みせ》のかたづけが終《お》わったあと、洗濯《せんたく》かごにほおりこまれた手《て》ぬ

ぐいをしらべてみた。やっぱりない。しかたなく新品《しんぴん》をおろしてもらい、イニシャルをしっかり刺繍《ししゅう》した。

つぎの朝《あさ》、「わたしの手《て》ぬぐいしらないかね」と祖母《そぼ》がいいだした。

「えっ、風《かぜ》で庭《にわ》にとばされたのでは？」

母《はは》にいわれ、庭《にわ》をくまなくさがしたけれど見《み》つからない。そして、つぎの日《ひ》には母《はは》の手《て》ぬぐいが見《み》あたらなくなった。ほかの洗濯物《せんたくもの》に異常《いじょう》はないのに、つぎの日《ひ》も一枚《まい》きえた気《き》がする。

「まさか、手《て》ぬぐいだけぬすむどろぼうなんて……」

その日《ひ》から、ほした手《て》ぬぐいをかぞえておき、とりいれるときたしかめると、やはり一枚《まい》たりない。そしてそのつぎの日《ひ》も一枚《まい》……。

「たかが手《て》ぬぐいだが、きみが悪《わる》いな。だれか、ひと晩《ばん》ものほしを見《み》はってみるか？」

と、父《ちち》がじょうだんをいった。

ある夜《よる》、おそくまで本《ほん》を読《よ》んでいた福子《ふくこ》は、いつのまにかいねむりをしていたらしい。はっと目《め》をあけるとまどの外《そと》を白《しろ》いものがふわっととおりぬけた気《き》がした。

（えっ、なに？　……さては手《て》ぬぐいどろぼう？）

思《おも》わず福子《ふくこ》は庭《にわ》へ走《はし》った。

ちょうど白《しろ》いものがふわふわと庭《にわ》を出《で》ていくところだった。どろぼうにしては背《せ》が低《ひく》すぎる。地面《じめん》すれすれだ。白《しろ》いものはなんだかはずんだ

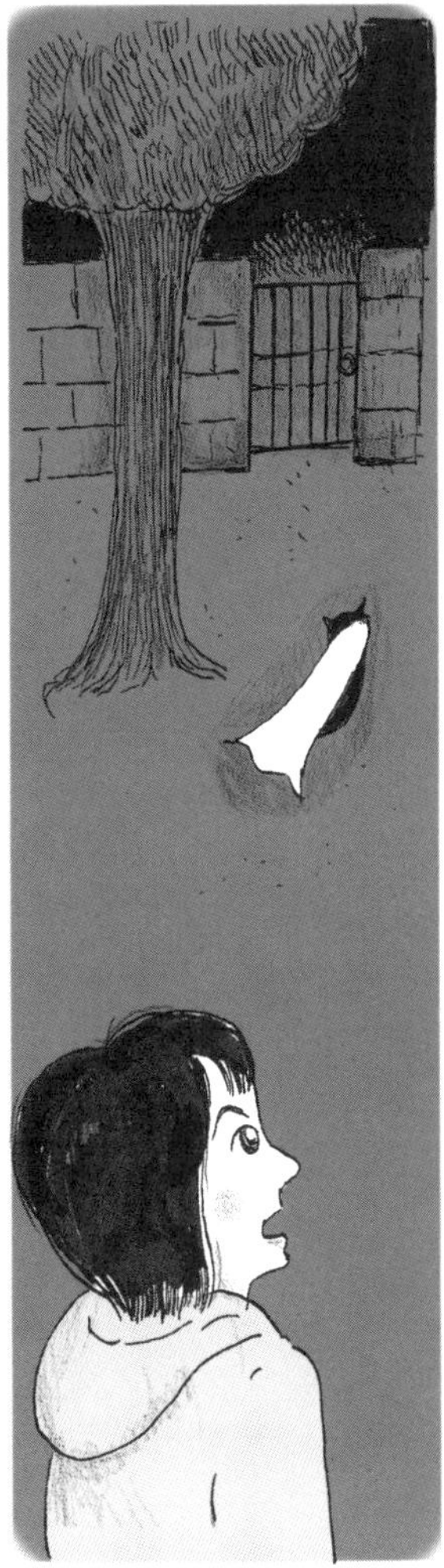

ように、細《こま》かく上下《じょうげ》している。
福子《ふくこ》はこわさもわすれてあとをつけていた。まもなく裏道《うらみち》に入《はい》った。
田舎町《いなかまち》のここらでは、表通《おもてどお》りを一本入《ぽんはい》るとどっとくらくなる。福子《ふくこ》は
ちょっとひるんだが、白《しろ》いものはますますはずんで、すこしはなれた一《いっ》
本松《ぽんまつ》の方《ほう》へかけていく。

つられて行《い》くと、一本松広場《いっぽんまつひろば》のあたりから、ニョゴニョゴガヤガヤ話《はな》し声《ごえ》が聞《き》こえる。

（あれ、町《まち》のお兄《にい》さんたちの、桜祭《さくらまつ》りの準備《じゅんび》かしら……）

と、近《ちか》づいてみると、たくさんの猫《ねこ》が輪《わ》になってすわり、

「お師匠《ししょう》さん、今夜《こんや》はおそかったわねえ」

なんてしゃべっているではないか。そういわれて腰《こし》をふりふり真《ま》ん中《なか》に入《はい》ってすわったのは、手《て》ぬぐいを頭《あたま》にのせた黒猫《くろねこ》……。

「あっ。ボスだ！」

すると一匹《ぴき》の猫《ねこ》がいそいそと近《ちか》づいて、

「お師匠《ししょう》さん、今日《きょう》はわたしが手《て》ぬぐいもらえるのね。これがなくちゃ」

と、ふわりとうけとった手《て》ぬぐいで姉《あね》さんかぶりをした。

よく見《み》ると、ほかにも手《て》ぬぐいで鉢巻《はちまき》をした猫《ねこ》、肩《かた》にかけている猫《ねこ》も何匹《なんびき》かいる。その手《て》ぬぐいには、見《み》おぼえのあるピンクの桜《さくら》の花《はな》びらが……。

(あ、あの手《て》ぬぐい、お店《みせ》の？　へー、うちのボスがお師匠《ししょう》さん？　すると、手《て》ぬぐいどろぼうはボスってこと？)

「さあ、おどりのおけいこ、はじめましょう」

ボスは、チチントン　シャンと、口三味線《くちじゃみせん》で歌《うた》いながら、くにゃくにゃとおどりだした。

猫《ねこ》たちもさっと立《た》ちあがり、ボスにならって、チチントン　シャンと

チチントン
シャン
さくらや
さくらや
チチントン
シャン

あわせて歌《うた》いおどる。

福子《ふくこ》は思《おも》わず笑《わら》ってしまった。そしてそーっと家《いえ》にもどり、つぎの朝《あさ》家族《かぞく》に話《はな》した。ボスはあいかわらず、部屋《へや》のすみでねむりこけている。

「猫《ねこ》は歳《とし》とるとばけるっていうけど、まさかね。夢《ゆめ》でも見《み》たんじゃない？」

といわれたが、その夜《よる》家族《かぞく》そろって見《み》にいくと、やっぱり猫《ねこ》たちが歌《うた》いおどっていた。

チチントン　シャン……

と、ボスも真《ま》ん中《なか》で、手《て》ぬぐいを頭《あたま》にはらりとかけておどっていた。

「ねっ！　ボス、かっこいいでしょ」

やがて、一本松《いっぽんまつ》の猫《ねこ》のおどりはうわさになり、町《まち》の人《ひと》たちが見物《けんぶつ》に出《で》かけるようになった。するど、ぱたっと猫《ねこ》たちがあつまらなくなった。

そして、さくらやからボスもきえた。

へびとわらび

宮川《みやかわ》ひろ

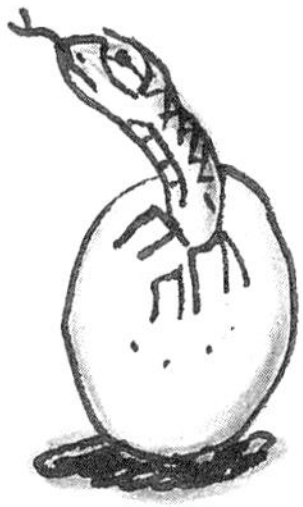

むかしむかし、大《おお》むかしの話《はなし》だ。
ふかくつもっていた雪《ゆき》も土《つち》にしみこむようにとけて、おてんとさんが春《はる》をよんできてくれました。あたり一面《いちめん》いっせいに緑《みどり》の芽《め》をもえたたせています。
そんなあたたかい日《ひ》に、冬眠《とうみん》からさめたばかりの小《ちい》さなへびが、草《くさ》の芽《め》のすきまから顔《かお》を出《だ》して……。ぽかぽか陽気《ようき》がうれしくて、ねぼけま

なこで谷《たに》から林《はやし》から野原《のはら》へとすべるようにうごきまわっていたのですが……。
あんまりうごきすぎてつかれたのでちょっとひと休《やす》みと思《おも》ったら、とろとろとそのままねむってしまったのです。
おてんとさんはあたたかくぬくめてくれるし、草《くさ》の芽《め》はやわらかくつつみこんでくれました。へびはそのままぐっすりとねむりこんでしまって、おてんとさんがしずんでも、夜《よる》になっても、夜《よ》があけても、つぎの日《ひ》になっても、またつぎの日《ひ》になってもねむったまま……。どれほどねていたことになるのでしょうか……。

何日《なんにち》もねむっていたへびの体《からだ》の下《した》から、チガヤが芽《め》を出《だ》してのびてきたのです。チガヤはとがった頭《あたま》で、かたく細《ほそ》いはっぱでぐんぐんとへびの腹《はら》をつきあげてきました。

そのうちにチガヤはつんつんとのびて、へびの腹《はら》から背中《せなか》までつきとおしてしまったからたいへんです。その痛《いた》さでやっと目《め》がさめたへびは、たまげたともたまげたとも。

「助《たす》けてくれ！　助《たす》けてくれ！」

と、大《おお》きな声《こえ》で泣《な》きさけびました。そのとき、

「へび、へび、あんまり泣《な》くでねえぞ。おれが助《たす》けてやるでなあ、もうちょっとだけしんぼうしろよ」

と、土《つち》の中《なか》からやさしい声《こえ》が聞《き》こえてきたではありませんか。そしてへびのおなかの下《した》からチガヤとならんで、やわらかいまるい芽《め》が何本《なんぼん》も何本《なんぼん》も何本《なんぼん》も、むくむくと頭《あたま》をもちあげて、へびの腹《はら》をぐんぐんとおしあげてくれたのです。その芽《め》におしあげられてへびの体《からだ》が五、六センチももちあがると、いままでささっていたチガヤの芽《め》がぬけて、へびはほーっと息《いき》をはきました。

よくよく見《み》ると、わらびの芽《め》が土《つち》の中《なか》からのびてきて、へびの命《いのち》を助《たす》けてくれたのでした。

それからです。へびが人《ひと》に悪《わる》さをしようとしたときは、

「わらびの恩《おん》をわすれたか」

と、そうとなえると、へびは、先祖《せんぞ》がわらびに命《いのち》をすくわれたことを思《おも》いだして、悪《わる》さをやめるということです。

わらびの恩《おん》をわすれたか

休《やす》み時間《じかん》
ドキドキ
家《か》庭《てい》訪《ほう》問《もん》
火《ひ》の玉《たま》ふらりの家《いえ》
担当《たんとう》
雪女《ゆきおんな》吹雪《ふぶき》先生《せんせい》
どうも……
ばばです
母《はは》です
ようこそ!
父《ちち》です
じじです
ぶらりだよ
なんでみんないるの……?
ゆらりだよ
両親《りょうしん》のほかに祖父母《そふぼ》や、兄弟《きょうだい》など家族一同《かぞくいちどう》せいぞろい!
すでにあつい!

フォッフォッフォッ
手作《てづく》りの火《ひ》の玉《たま》ケーキです どうぞ！
ザー
息子《むすこ》はどうですか？
ワイワイ
学校《がっこう》でふらふらしてませんか？
ザワイ
これこれ……
ゆらゆら
ぶらぶら
キャッキャッ
部屋《へや》の温度《おんど》は200度《ど》
え～ふらりくんはとてもあかるく……
クラスでもムードメ～カ～
あ……あつい……とける～～
あ！ 先生《せんせい》！ かばんがとけてる！
ドロォ～
あら!? たいへんっ 今日《きょう》はここまで！
あら、ざんねーん
ホッ
脱出《だっしゅつ》せいこう！！

6時間目《じかんめ》

ものいう桜《さくら》

久保華誉《くぼかよ》

　いまから三百年《ねん》ほどむかし、佐渡島《さどがしま》でのお話《はなし》です。ある寺《てら》のそばに、何十本《なんぼん》ものしだれ桜《ざくら》がありました。花《はな》の季節《きせつ》になれば、やわらかくしだれた枝《えだ》にいっぱいの花《はな》がさきました。村《むら》の人《ひと》たちは、
「このしだれ桜《ざくら》は、佐渡《さど》で一番《いちばん》の美《うつく》しさじゃ」
と鼻高《はなたか》だかです。うわさを聞《き》いて、ほかの村《むら》からも花見客《はなみきゃく》がくるほどで

した。きた人《ひと》もみな、

「しずかに風《かぜ》にゆれる花《はな》が、なんともいえないねぇ」

「このしだれ桜《ざくら》は、日本一《にほんいち》」

と口《くち》ぐちにほめました。

ついには、えらいお侍《さむらい》も、家族《かぞく》や家来《けらい》たちをつれて、毎年《まいとし》の花見《はなみ》にくるようになりました。小《ちい》さな村《むら》のしだれ桜《ざくら》は、島中《しまじゅう》にしられる、桜《さくら》の名所《めいしょ》になったのです。

さて、そんなある年《とし》のことでした。その年《とし》は、いつにもまして、しだれ桜《ざくら》が美《うつく》しくさきみだれたのです。おおぜいやってきた花見《はなみ》の客《きゃく》も、

「今年《ことし》はかくべつじゃ」

「しだれ桜《ざくら》の枝《えだ》が、花《はな》の重《おも》みでたわむほどのみごとさよ」

と大《おお》よろこびです。

ふだんはさびしい山《やま》の上《うえ》ですが、たいへんなにぎわいになりました。女《おんな》の人《ひと》たちは、紅《べに》をさし、いい着物《きもの》を着《き》て、おしゃれをしてきています。子《こ》どもたちも、前《まえ》の晩《ばん》から作《つく》ってもらったごちそうのお弁当《べんとう》を広《ひろ》げてうれしそうです。男《おとこ》の人《ひと》たちは、

「花《はな》が美《うつく》しいと、酒《さけ》が進《すす》むのう」

と酒盛《さかも》りをはじめました。そのうちおどりだしたり、歌《うた》を歌《うた》う人《ひと》もいます。みな思《おも》い思《おも》いに花見《はなみ》を楽《たの》しんでいました。

やがて日《ひ》がかたむきはじめたので、ほとんどの花見客《はなみきゃく》が帰《かえ》っていきました。それでも、宴会《えんかい》をつづけている人《ひと》たちもいます。

「桜《さくら》は、夕《ゆう》ばえが美《うつく》しい」などといって、酒《さけ》をくみかわしています。だんだんうすぐらくなってきたそのときです。とつぜん、風《かぜ》がごおっとふいてきました。

「おお、なんて風《かぜ》だ」

「せっかくの花《はな》がちっちまう」

見《み》あげると、雪《ゆき》のように花《はな》びらがはらはらとおちてきます。すると、しだれ桜《ざくら》の中《なか》でも一番大《いちばんおお》きな、樹齢《じゅれい》は二百年《ねん》はこえるだろうかという木《き》から、声《こえ》が聞《き》こえたのです。

「花《はな》も今年《ことし》かぎり、人《ひと》びとも今年《ことし》かぎりぞ、あら名残《なごり》おしや、さらば、さらば」

その声《こえ》は、せつせつとうったえるような悲《かな》しい声《こえ》でした。そして、すすり泣《な》きも聞《き》こえてきました。いのこっていた人《ひと》びとは、

「いまの声《こえ》は?」

「桜《さくら》が、ものをいったのかい?」

と顔《かお》を見《み》あわせました。よいも一気《いっき》にさめ、みな、あわててにげだしました。そして、

「花《はな》も今年《ことし》でおしまいって、もうかれちまうってことか？」

「おいおい、そうしたら、『人《ひと》びとも今年《ことし》かぎり』って、縁起《えんぎ》でもねぇ」

「しだれ桜《ざくら》は泣《な》いてたぞ。おれたち、どうなっちまうんだ？」

と、きみ悪《わる》がりました。

翌日《よくじつ》になると、きのうのあやしい声《こえ》をしらない人《ひと》たちが、日《ひ》がくれてきても、いのこっていました。すると、大《おお》きなしだれ桜《ざくら》から、

「花《はな》も今年《ことし》かぎり、人《ひと》びとも今年《ことし》かぎりぞ、あら名残《なごり》おしや、さらば、さらば」

という悲《かな》しげな声《こえ》が聞《き》こえてきました。のこっていた人《ひと》びとは、やはりあわてふためいてにげかえってきました。

花《はな》も
今年《ことし》かぎり
さらば
さらば

そしてそのつぎの日《ひ》もと、夕《ゆう》ぐれどきになるとふしぎな声《こえ》が聞《き》こえるのが三日《みっか》つづきました。

はたして翌年《よくとし》には、あの一番大《いちばんおお》きなしだれ桜《ざくら》から、かれはじめ、つぎの木《き》、またつぎの木《き》とかれていったそうです。ついにはすべてのしだれ桜《ざくら》がかれてしまい、あとかたもなくなってしまいました。

そして、作物《さくもつ》がとれず、うえ死《じ》にする人《ひと》も出《で》ました。あらそいもおこり、人《ひと》びとも花見《はなみ》どころではなくなってしまったということです。

桜《さくら》の木《き》の下《した》

大島清昭《おおしまきよあき》

恵理奈《えりな》は、この四月《がつ》から中学《ちゅうがく》三年生《ねんせい》だ。

（いよいよあたしも受験生《じゅけんせい》！　だけど……）

受験勉強《じゅけんべんきょう》といっても、なにから手《て》をつけてよいのかわからないし、どんな勉強方法《べんきょうほうほう》がよいのかもわからない。そこで、恵理奈《えりな》は塾《じゅく》にかようことになった。

それは、塾《じゅく》にかよいはじめて三日目《みっかめ》の帰《かえ》りのこと。

あたりはすっかりくらくなっていた。

「じゃあ、まったね〜！」

友人《ゆうじん》たちにさよならすると、恵理奈《えりな》はすこしだけ遠《とお》まわりをして、K《ケイ》公園《こうえん》へむかった。

K公園《ケイこうえん》は東北《とうほく》ではゆうめいな花見《はなみ》の名所《めいしょ》で、この時期《じき》はちょうど桜《さくら》が満開《まんかい》なのだ。江戸時代《えどじだい》まではお城《しろ》だったので、公園《こうえん》のまわりはお堀《ほり》でかこわれている。そのお堀《ほり》にそって、たくさんの桜《さくら》がうえられていた。

（えへ。前《まえ》から夜桜見《よざくらみ》たかったんだよねぇ）

夜《よる》の桜並木《さくらなみき》はライトアップされていて、とても幻想的《げんそうてき》で美《うつく》しい。あちこちに花見客《はなみきゃく》もいるから、公園《こうえん》のまわりは夜《よる》なのにわりとにぎやかだった。

わずかにそよぐ風《かぜ》に、ふわりふわりと花《はな》びらがまう。

携帯電話《けいたいでんわ》で写真《しゃしん》をとりながら、お堀《ほり》のわきの道《みち》を進《すす》んでいくと、桜《さくら》の木《き》の下《した》のくらがりに、髪《かみ》の長《なが》い女《おんな》の人《ひと》が立《た》っていた。

そこはもう公園《こうえん》のはずれで、花見客《はなみきゃく》の姿《すがた》もない。

女《おんな》の人《ひと》はひとりぼっちで、うつむいていた。うすぐらさと、長《なが》い前髪《まえがみ》のせいで、どんな顔《かお》かはわからなかった。

(こんなとこでなにしてるんだろう?)

恵理奈《えりな》はちょっとへんだなぁとは思《おも》ったものの、そのまま女《おんな》の人《ひと》の前《まえ》をとおりすぎて、家《いえ》に帰《かえ》った。

その翌日《よくじつ》の塾《じゅく》の帰《かえ》りも、恵理奈《えりな》はK公園《ケイこうえん》の桜《さくら》を見《み》るためにより道《みち》をした。

ライトアップされた桜《さくら》を見《み》ているうちに、きのう見《み》かけた女《おんな》の人《ひと》のことが気《き》になった。

（まさか今日《きょう》もいたりして……）
ほんの好奇心《こうきしん》から、恵理奈《えりな》はきのう女《おんな》の人《ひと》がいた場所《ばしょ》に足《あし》をむけた。
すると……。
（やっぱりいた！）
今夜《こんや》も、女《おんな》の人《ひと》は桜《さくら》の木《き》の下《した》にうつむいて立《た》っている。
近《ちか》づいてよく見《み》ると、なぜか、Ｔ《ティー》シャツにミニスカートという夏《なつ》の服《ふく》装《そう》だった。
（寒《さむ》くないの？　それに……）
女《おんな》の人《ひと》は、全身《ぜんしん》ずぶぬれだった。
ぽたぽたぽたと、しずくがしたたっている。

（お堀《ほり》におちたのかな？）

いやいや、それはないだろう。

（あんなとこにおちたら、とてもひとりじゃあがれないもんね）

女《おんな》の人《ひと》はうつむいたまま、じぃっとうごかない。

ぽたぽたぽたぽたと、おちるしずくの音《おと》だけが、やけにはっきりと聞《き》こえる。

（なんかヤバイ）

直感的《ちょっかんてき》にそう思《おも》った。

恵理奈《えりな》がその場《ば》から立《た》ちさろうとしたそのとき、女《おんな》の人《ひと》はこちらに気《き》づいたらしく、ふいに顔《かお》をあげた。

くるしそうに、ゆがんだ表情《ひょうじょう》だった。
それに、とても生《い》きているとは思《おも》えないくらい青白《あおじろ》い。
ほんとうだったら、くらくてよく見《み》えないはずなのに、なぜかはっきりと見《み》えた。
女《おんな》の人《ひと》は、口《くち》からごぼごぼと水《みず》をはくと、でろんと舌《した》を出《だ》した。
恵理奈《えりな》は、
「きゃぁぁぁぁ！」
と悲鳴《ひめい》をあげて、その場《ば》からにげだした。

家《いえ》に帰《かえ》ってからその話《はなし》をすると、母親《ははおや》は意外《いがい》と冷静《れいせい》に、

「ソレ、きっと幽霊《ゆうれい》よ」

といった。

(ああ、やっぱり……)

あるていど予想《よそう》していた答《こた》えだったけれど、ショックだった。

「何年《なんねん》か前《まえ》の夏《なつ》に、あのお堀《ほり》で女《おんな》の人《ひと》の水死体《すいしたい》が見《み》つかったでしょ？おぼえてない？」

そういえば、そんなことがあったような気《き》がする。たしか、警察《けいさつ》がいろいろしらべて、事故《じこ》なのか、自殺《じさつ》なのか、殺人事件《さつじんじけん》なのか、ずいぶん

とさわいでいたが、結局《けっきょく》、いまだになにもわかっていないらしい。

「あれからね、死体《したい》が見《み》つかった場所《ばしょ》の桜《さくら》の木《き》の下《した》に、女《おんな》の人《ひと》の幽霊《ゆうれい》が出《で》るってハナシよ」

あの幽霊《ゆうれい》の青白《あおじろ》い顔《かお》を思《おも》いだすと、きゅうに体《からだ》がふるえた。

K公園《ケイこうえん》の夜桜《よざくら》は、本当《ほんとう》にキレイだと思《おも》う。しかし、恵理奈《えりな》はもう一度《いちど》夜《よる》のK公園《ケイこうえん》に行《い》く勇気《ゆうき》が出《で》ない。

帰《かえ》りのHR《ホームルーム》

もうすぐHR《ホームルーム》の時間《じかん》です。でもまだ先生《せんせい》があらわれません。

「みんな、家庭訪問《かていほうもん》、どうだった？」

河童《かっぱ》の一平《いっぺい》がいいました。

「一平《いっぺい》の家《いえ》は、鬼丸先生《おにまるせんせい》だったんだよね」

とトイレの花子《はなこ》。

「うん。酸素《さんそ》ボンベをもってもぐってきたんだけど、話《はなし》のとちゅうで酸《さん》素《そ》がなくなってきてね。つぎの日《ひ》にはもっと大《おお》きいボンベをもってきたんだ。うちのお母《かあ》さんはおしゃべりで話《はなし》が長《なが》いから、鬼丸先生《おにまるせんせい》は『はあ』とか『ほう』とかいいながら聞《き》いていたけど、そのうち、『酸素《さんそ》がなくなってきたので、このへんで』なんていって帰《かえ》っていったよ」

「わたしのところへは、二宮金次郎先生《にのみやきんじろうせんせい》がくるはずだったんだけど」

と幽麗華《ゆうれいか》。

「くるはず、って、こなかったの？」

と魔女《まじょ》のまじょ子《こ》がたずねました。

「そうなの。予定《よてい》の時間《じかん》になってもこないから、お父《とう》さんがむかえにいったのね。そしたら、先生《せんせい》、墓地《ぼち》で気《き》ぜつしてて、お父《とう》さんを見《み》たら、また気《き》ぜつしちゃったんだって。家《いえ》へきても話《はなし》ができないだろうと思《おも》って、お父《とう》さんは先生《せんせい》を墓地《ぼち》の外《そと》までおくっていったの。だから、うちは家庭訪問《かていほうもん》がなかったのよ。ひさしぶりに気《き》ぜつするほどこわがられたって、お父《とう》さん、うれしそうだったわ」

もしもし～
あの～
もし
も～し！
よっこら
しょっ！
?
へ～…
家庭訪問《かていほうもん》に
なってないじゃん……

「うちは、校長先生《こうちょうせんせい》がきたよ。とくせいの悪夢《あくむ》のケーキを出《だ》したら、これはめずらしいって、食《た》べていったよ」

といったのはバクのクースケです。

「おれなんか、部屋《へや》のかたづけが間《ま》にあわなくて、マンガとかゲームとか、たくさんあるのを見《み》られちゃったよ。先生《せんせい》には『楽《たの》しそうな部屋《へや》だね』っていわれたけど、母《かあ》ちゃんにはたっぷりおこられた」

と牛鬼《うしおに》のウシオがいいました。

「わたしのところは山姥銀子先生《やまうばぎんこせんせい》よ。お部屋《へや》をかいてきな温度《おんど》にしておいたから、お父《とう》さんとゆっくりお話《はなし》をしていったわ」

と雪娘《ゆきむすめ》のゆき子《こ》。

「銀子先生《ぎんこせんせい》おそいなあ。もうとっくにHR《ホームルーム》がはじまっているよ」

と、一平《いっぺい》がいったとき、ガラリととびらをあけて、山姥銀子先生《やまうばぎんこせんせい》が入《はい》ってきました。口《くち》さけ女先生《おんなせんせい》みたいな大《おお》きなマスクをしています。

「ゴホゴホ。家庭訪問《かていほうもん》の期間《きかん》が終《お》わりました。ご家族《かぞく》と話《はなし》をして、みなさんのおうちでのようすをしることができました。ですが、いろいろな事情《じじょう》で十分《じゅうぶん》お話《はなし》ができなかったところもあるようです。ゲホゲホ。そういうご家族《かぞく》とは、学校《がっこう》での面談《めんだん》のときに、たっぷりお話《はな》ししますよ。ゴホゴホゴホ。ひどい風邪《かぜ》をひいてしまってね。今日《きょう》のHR《ホームルーム》はこれでおしまいです」

ハークションン、と大《おお》きなくしゃみをして、銀子先生《ぎんこせんせい》は出《で》ていきました。

ハーックショ
ろうかは しずかに
んー マイナス20度《ど》くらいかな
えー！そんなの 死《し》んじゃうよっ！

解説《かいせつ》

米屋陽一《よねやよういち》

みなさん、こんばんは。今夜《こんや》の「オウマガドキ学園《がくえん》」の授業《じゅぎょう》はいかがでしたか。三月《がつ》は卒業式《そつぎょうしき》。卒業生《そつぎょうせい》をおくりだして一年《ねん》が終《お》わります。桜《さくら》さく四月《がつ》は入学式《にゅうがくしき》。新入生《しんにゅうせい》をむかえて新年度《しんねんど》がスタートします。学年《がくねん》がひとつあがって、クラスがえがあって、新《あたら》しい教室《きょうしつ》、新《あたら》しい担任《たんにん》の先生《せんせい》、新《あたら》しい友《とも》だちとの出会《であ》いがあります。「今年《ことし》はやるぞ」と新《あら》たな気持《きも》ちになり、一年《ねん》で一番学校中《いちばんがっこうじゅう》がキラキラとかがやきはじめるときです。

今日《きょう》は**「始業式《しぎょうしき》」**です。先生《せんせい》も生徒《せいと》たちも講堂《こうどう》に勢《せい》ぞろいしました。河童巻三校長《かっぱまきぞうこうちょう》先生《せんせい》からは、恐怖《きょうふ》の家庭訪問《かていほうもん》の話《はなし》があり、鬼丸金棒先生《おにまるかなぼうせんせい》からは、生活指導《せいかつしどう》の注意《ちゅうい》がありました。家庭訪問《かていほうもん》と聞《き》いた瞬間《しゅんかん》から、生徒《せいと》たちはどの先生《せんせい》が自分《じぶん》の家《いえ》にくるのか、ハラハラ、ドキドキ、ビクビクです。

1時間目《じかんめ》の**「花見《はなみ》の約束《やくそく》」**は、うそのようなほんとうの話《はなし》です。小川《おがわ》さん、広山《ひろやま》さんはおたがい幽霊《ゆうれい》になっても死《し》んだことに気《き》づかずに花見《はなみ》の約束《やくそく》をしました。東日本《ひがしにほん》大震災《だいしんさい》の津波《つなみ》の被災地《ひさいち》でも、おなじように死《し》んだことに気《き》づいていない幽霊《ゆうれい》の目撃談《もくげきだん》を耳《みみ》にします。被災地《ひさいち》で話《はなし》をしてくれたタクシーの運転手《うんてんしゅ》は、幽霊《ゆうれい》になって出《で》てくる人《ひと》は「自分《じぶん》が死《し》んだということに気《き》づいていないんですね」といいました。**「みくるまがえし」**は、ふしぎな桜《さくら》の木《き》の話《はなし》です。おばあちゃんと孫《まご》の賢《けん》はおなじ夢《ゆめ》を見《み》ました。「桜《さくら》きるばか、梅《うめ》きらぬばか」といわれていますが、桜《さくら》はきったりうえかえたりしてはいけない植物《しょくぶつ》なのですね。夢《ゆめ》の中《なか》にあらわれた女《おんな》の人《ひと》は、桜《さくら》の木《き》の精《せい》だったのでしょうか。

休《やす》み時間《じかん》は、**「ドキドキ家庭訪問《かていほうもん》」**です。紹介《しょうかい》するのは、「河童《かっぱ》の一平《いっぺい》の家《いえ》」「幽麗華《ゆうれいか》の家《いえ》」「バクのクースケの家《いえ》」「雪娘《ゆきむすめ》のゆき子《こ》の家《いえ》」「火《ひ》の玉《たま》ふらりの家《いえ》」です。どんな事件《じけん》がおきたのでしょうか。

2時間目《じかんめ》の**「梅《うめ》がさいたら」**は、韓国《かんこく》につたわる話《はなし》です。ある王様《おうさま》は民家《みんか》の庭《にわ》に梅《うめ》をうえて花《はな》をさかせてはならない、と命令《めいれい》しました。梅《うめ》の花《はな》を意味《いみ》するメファという名《な》の女性《じょせい》は、梅《うめ》の木《き》に話《はな》しかけます。すると役人《やくにん》がしらべにやってきたときに、梅《うめ》は杏《あんず》の花《はな》にかわりました。草木《くさき》に話《はな》しかけると、きれいな花《はな》がさくといわれています。草木《くさき》には人《ひと》の気持《きも》ちがつうじるのですね。「**あまい香《かお》りのライラック**」は、中国《ちゅうごく》の丁《ディン》香花《シャンファ》にまつわる話《はなし》です。ひとり娘《むすめ》の丁香《ディンシャン》は母親《ははおや》が亡《な》くなり継母《ままはは》をむかえましたが、まもなく父親《ちちおや》も亡《な》くなりました。その後《ご》、丁香《ディンシャン》は継母《ままはは》にこきつかわれ、いためつけられて死《し》んでしまいました。なきがらをとむらった場所《ばしょ》からは、芽《め》が出《で》て紫《むらさき》の花《はな》がさきました。丁香花《ディンシャンファ》の由来《ゆらい》を物語《ものがた》っています。

3時間目《じかんめ》の「**麦畑《むぎばたけ》をたがやす男《おとこ》**」は、イギリスの話《はなし》です。ある農家《のうか》の主《あるじ》にやとわれた男《おとこ》は、ふしぎな能力《のうりょく》をもっていました。畑《はたけ》の土《つち》にさした棒《ぼう》のにおいで土《つち》のめざめをしり、畑《はたけ》をたがやしはじめ、麦《むぎ》のかり入《い》れまでしたのでした。しかし、この男《おとこ》は援助《えんじょ》者《しゃ》をよそおっている悪魔《あくま》でした。主人《しゅじん》の祈《いの》りの言葉《ことば》が神様《かみさま》につうじたのでしょうか、悪霊《あくりょう》は白《しろ》い霧《きり》になってきえてしまいました。「**五月祭《ごがつさい》のおどり**」は、ドイツの話《はなし》です。五月祭《ごがつさい》の七人《にん》のおどりは、ペストの恐怖《きょうふ》から生《い》きのこった人《ひと》たちのいいつたえだったのでした。

4時間目《じかんめ》の**「白椿《しろつばき》」**は、日本《にほん》の昔話《むかしばなし》や伝説《でんせつ》として語《かた》りつがれてきました。人魚《にんぎょ》の肉《にく》を食《た》べてしまって八百年生《ねんい》きたという「八百比丘尼《やおびくに》」の伝説《でんせつ》は、椿《つばき》のふしぎな話《はなし》とむすびついて伝承《でんしょう》されてきました。**「シダの花《はな》」**は、ロシアの話《はなし》です。キリストの復活《ふっかつ》祭《さい》の晩《ばん》にシダの花《はな》を手《て》に入《い》れると、一生《いっしょう》しあわせにくらせるといいつたえられていました。シダの花《はな》をさがしもとめる冒険談《ぼうけんだん》のようですね。せっかく見《み》つけたのに手《て》をのばすとパチンとはじけてしまいました。夢《ゆめ》であったのか、夢《ゆめ》になってしまったのか……。

給食《きゅうしょく》の時間《じかん》は、オーストリアの**「ふしぎな薬草《やくそう》」**です。母《かあ》さんの病気《びょうき》をなおすために努力《どりょく》している娘《むすめ》のマリーのもとには、妖精《ようせい》から薬草《やくそう》がとどけられたのでした。

5時間目《じかんめ》の**「猫《ねこ》おどり」**は、各地《かくち》に伝承《でんしょう》されている昔話《むかしばなし》「猫《ねこ》のおどり」の現代版《げんだいばん》といえるでしょう。**「へびとわらび」**も、各地《かくち》に伝承《でんしょう》されている昔話《むかしばなし》「わらびの恩《おん》」と同系統《どうけいとう》の話《はなし》です。山野《さんや》でへびに出《で》くわしたら、「わらびの恩《おん》をわすれたか」ととなえると、難《なん》からのがれることができるという俗信《ぞくしん》と共通《きょうつう》しています。

6時間目《じかんめ》の**「ものいう桜《さくら》」**は、新潟県《にいがたけん》の佐渡島《さどがしま》にほんとうにあったとつたえられる話《はなし》です。かれる前《まえ》に遺言《ゆいごん》のごとく、「花《はな》も今年《ことし》かぎり、人《ひと》びとも今年《ことし》かぎりぞ」と人《ひと》びとにつたえたのでした。なんともせつない話《はなし》ですね。**「桜《さくら》の木《き》の下《した》」**は、幽霊話《ゆうれいばなし》です。お堀《ほり》で亡《な》くなり、死体《したい》が見《み》つかった場所《ばしょ》が桜《さくら》の木《き》の下《した》でした。幽霊《ゆうれい》が出《で》るという場所《ばしょ》や事故死《じこし》した場所《ばしょ》などは、生《せい》と死《し》のさかいめです。亡《な》くなった人《ひと》と生《い》きている人《ひと》たちがかかわる場所《ばしょ》、供養《くよう》する場所《ばしょ》なのです。

「帰《かえ》りのHR《ホームルーム》」は担当《たんとう》の先生《せんせい》がくるまで、家庭訪問《かていほうもん》のときの話《はなし》でもりあがっていました。ハラハラ、ドキドキ、ビクビクはすでに過去《かこ》の話《はなし》。子《こ》どもたちは訪問《ほうもん》した先生《せんせい》をよく観察《かんさつ》し、みごとな表現《ひょうげん》でハナシを作《つく》りあげました。子《こ》どもたちはハナシの名人《めいじん》なのかもしれませんね。あしたも元気《げんき》に登校《とうこう》しましょうね。

怪談オウマガドキ学園編集委員会

常光 徹（責任編集） 岩倉千春
大島清昭 高津美保子 米屋陽一

協力

日本民話の会

怪談オウマガドキ学園
21 春は恐怖の家庭訪問

2017年4月10日 第1刷発行

怪談オウマガドキ学園編集委員会・責任編集 ■ 常光 徹
絵・デザイン ■ 村田桃香（京田クリエーション）
絵 ■ かとうくみこ 山﨑克己
写真 ■ 岡倉禎志

発行所 株式会社童心社
〒112-0011 東京都文京区千石4-6-6
03-5976-4181（代表） 03-5976-4402（編集）
印刷 株式会社光陽メディア
製本 株式会社難波製本

Published by DOSHINSHA Printed in Japan
ISBN978-4-494-01670-9 NDC913 158p 17.3×12.3cm
http://www.doshinsha.co.jp/

もう読んだ？

怪談《かいだん》オウマガドキ学園《がくえん》シリーズ

❶ 真夜中《まよなか》の入学式《にゅうがくしき》
「学校《がっこう》・夜《よる》・時間《じかん》」の怪談《かいだん》

❷ 放課後《ほうかご》の謎《なぞ》メール
「ケータイ・メール・ゲーム」の怪談《かいだん》

❸ テストの前《まえ》には占《うらな》いを
「霊感《れいかん》・占《うらな》い・予知《よち》」の怪談《かいだん》

❹ 遠足《えんそく》は幽霊《ゆうれい》バスで
「乗《の》り物《もの》・旅行《りょこう》」の怪談《かいだん》

❺ 冬休《ふゆやす》みのきもだめし
「冬《ふゆ》」の怪談《かいだん》

❻ 幽霊《ゆうれい》の転校生《てんこうせい》
「幽霊《ゆうれい》」の怪談《かいだん》

❼ うしみつ時《どき》の音楽室《おんがくしつ》
「音《おと》・におい」の怪談《かいだん》

❽ 夏休《なつやす》みは百物語《ひゃくものがたり》
「夏《なつ》」の怪談《かいだん》

❾ 猫《ねこ》と狐《きつね》の化《ば》け方教室《かたきょうしつ》
「動物《どうぶつ》」の怪談《かいだん》

❿ 4時《じ》44分《ぷん》44秒《びょう》の宿題《しゅくだい》
「数《かず》・算数《さんすう》」の怪談《かいだん》

⓫ 休《やす》み時間《じかん》のひみつゲーム
「遊《あそ》び」の怪談《かいだん》

⓬ ぶきみな植物観察《しょくぶつかんさつ》
「植物《しょくぶつ》」の怪談《かいだん》

⓭ 妖怪博士《ようかいはかせ》の特別授業《とくべつじゅぎょう》
「妖怪《ようかい》・妖精《ようせい》」の怪談《かいだん》

⓮ あやしい月夜《つきよ》の通学路《つうがくろ》
「天気《てんき》・天体《てんたい》」の怪談《かいだん》

⓯ ぞくぞくドッキリ学園祭《がくえんさい》
「体《からだ》」の怪談《かいだん》

⓰ 保健室《ほけんしつ》で見《み》たこわい夢《ゆめ》
「夢《ゆめ》・ねむり」の怪談《かいだん》

⓱ 旧校舎《きゅうこうしゃ》のあかずの部屋《へや》
「建物《たてもの》」の怪談《かいだん》

⓲ 真夏《まなつ》の夜《よ》の水泳大会《すいえいたいかい》
「水《みず》」の怪談《かいだん》

⓳ 図工室《ずこうしつ》のふしぎな絵《え》
「色《いろ》」の怪談《かいだん》

⓴ 妖怪《ようかい》たちの林間学校《りんかんがっこう》
「山《やま》」の怪談《かいだん》

㉑ 春《はる》は恐怖《きょうふ》の家庭訪問《かていほうもん》
「春《はる》」の怪談《かいだい》

㉒ パソコン室《しつ》のサイバー魔人《まじん》
「スマホ・電話《でんわ》・パソコン」の怪談《かいだん》